내가 있어서

네가 즐거우면

나도 즐겁다

내가 있어서 네가 즐거우면 나도 즐겁다

초판 1쇄 인쇄 2022년 9월 2일
초판 1쇄 발행 2022년 9월 7일

지은이 허공당 혜관
펴낸이 정해종

펴낸곳 ㈜파람북
출판등록 2018년 4월 30일 제2018 – 000126호
주소 서울특별시 마포구 토정로 222 한국출판콘텐츠센터 303호
전자우편 info@parambook.co.kr **인스타그램** @param.book
페이스북 www.facebook.com/parambook/ **네이버 포스트** m.post.naver.com/parambook
대표전화 (편집) 02 – 2038 – 2633 (마케팅) 070 – 4353 – 0561

ISBN 979-11-92265-69-8 03810
책값은 뒤표지에 있습니다.

내가 있어서
네가 즐거우면
나도 즐겁다

허공당 혜관 지음

파람북

책머리에

지난여름, 그토록 자지러지던 매미들의 애절한 노랫소리는 아직도 이 몸과 마음을 저리게 하는군요.

매미는 알에서 애벌레로, 애벌레에서 성충으로 자라는 7여 년 동안 15여 회의 탈바꿈을 합니다. 거듭해야 하는 탈바꿈도 힘겹겠지만, 이 과정을 거치는 동안 거의 무방비상태이므로, 천적들에게 거의 다 잡아먹혀 성충이 되는 것만도 기적에 가까울 정도라고 합니다. 매미로 탈바꿈하고 나서도 고작 10여 일을 살면서 짝짓기와 산란을 하고 삶의 끝을 맺는 매미의 일생이야말로 고통의 연속이라 할 수 있습니다.

사람의 삶 역시 자궁 속에서 난자와 정자가 수정해 배아로 다시 태아로 탈바꿈을 하며 사람의 몸을 만든 후, 태어나 아기, 어린이, 청소년의 단계를 거치며 자라고, 노년에 이르기까지 수없이 많은 탈바꿈을 합니다. 그 과정에서 갖가지 고통을 겪으면서도 자식을 낳고 길러 결혼시켜 살림을 내보내고, 늙고 병들어 죽음으로써 삶의 끝을 맺는 사람의 일생 역시 고통의 연속이라고 할 수 있습니다. 그러나 그런 고통스러운 과정만이 삶의 전부가 아닙니다. 그렇게 살던 삶이 끝나면 더 나은 삶으로 모습을 바꿔 태어날 수 있으니까요.

그렇습니다. 사람이 한 생을 살다가 죽는다는 것은 더 나은 삶으로 태어나기 위해 윤회(輪回)하는 하나의 단계입니다. 윤회를 크게 보면 한 생명체에서 다른 생명체로 모습을 바꿔가며 살아가는 것이라 할 수 있고, 사람이 성장의 과정을 거치면서 각각의 크기와 모습은 물론 마음까지도 탈바꿈하는 것을 한 생명체 안에서 벌어지는 부분적인 윤회라고 할 수 있습니다. 고통의 연속인 삶을 가엾게 여길 수도 있겠지만, 윤회가 부처님이 될 수 있는 과정이라는 것을 알게 되면, 아무리 고통스럽고 힘겨운 삶이라 해도 모두 즐거워야 할 나날이란 것을 알 수 있는 것입니다.

그러므로 세상 그 모든 곳이 다 수행처이며, 그 어떤 이들이나 그 어떤 것들이라도 다 스승이라 할 수 있습니다. 저 또한 '한 곳에서 사흘을 머물지 말라'라고 하신 부처님의 가르침에 따라 많은 곳을 떠돌며 만나는 사람들과 동식물, 심지어 먼지 한 점까지도 귀하게 여겨 살피고 수행해왔습니다. 살아오면서 저 모든 이들이나 것들로부터 입은 은혜를 어떻게 갚을까 궁리하다가, 페이스북을 통해 수행해 오면서 겪고 느낀 바를 법우님들께 전하던 중 한 출판사와 좋은 인연을 맺게 되어 책의 글로써 전하게 되었습니다. 앞으로도 역시 글로써 법우님들과 함께하며 맑고 건강하게 살면서 함께 부처님이 되고자 간곡히 발원하겠습니다.

또 하나의 가을로 들어서며
허공당 혜관

차 례

2부
있는 그대로를 본다는 것

1부

많이 줘도 욕심, 적게 줘도 욕심

할매 부처님

어느 해, 어느 가을. 아마 10월이었던가요?

절에서 수행하는 승려도 밥값을 하지 않고는 머물 수 없으므로, 수행과 염불을 겸할 수 있는 염불승으로 몇 해를 보낸 때가 있었는데, 다른 승려들과는 달리 염불승만은 급여라고 할 수도 있는 적은 돈이나마 받을 수 있었음에, 작으나마 저축을 할 수 있었습니다.

그러나 그때는 아직 설익은 수행자였었던지라 수행과 염불을 겸해서는 깨달을 수 없겠다고 착각하여 부처님의 탄생지인 네팔 쪽 히말라야산맥으로 가기로 한 다음, 저축했던 돈을 탈탈 털어 인도 콜카타행 편도 항공권을 구매했습니다. 콜카타에서 네팔 쪽 히말라야산맥으로 갈 경비 200달러만 지닌 채, '이번에야말로 깨닫지 못한다면 히말라야산맥 중턱에 뼈를 묻으리라'라고 다짐하며 새벽녘의 일주문을 나섰습니다. 문득 인기척에 놀라 돌아다보니 아직은 캄캄하고 쌀쌀한 새벽인데도, 할매 보살님이 늙어 작고 앙상해진 몸매로 추위에 떨며 홀로 기다리시다 다급히 저를 불러 세웠습니다.

"스님, 스님."

"할매? 추운데 왜 밖에서? 안에 계시잖고요?"

"스님, 이거 콜록콜록."

"뭔데요?"

"객지에서 한 끼라도 사드시라고. 끼니 거르지 마시고."

"?"

"할미가 돈이 없잖아요…. 그리고 많이 드리면 그것도 제 욕심이니까…. 콜록콜록."

"괜한…, 아, 어서 들어가시라니까요, 자꾸 기침하시잖아요!"

돈일 것으로 추측되는 것을 제 손바닥에 놓으신 다음 손바닥을 오므려 주먹을 쥐게 한 후, 어서 가라는 듯 제 몸을 돌려 떠밀다시피 한 다음, 산길을 돌아 제 모습이 보이지 않을 때까지도 손을 흔들어 주었던 할매 보살님!

공항버스를 타려 기다리면서 할매 보살님께서 주신 돈이 얼마인가 궁금하긴 했지만, 차마 주먹 쥔 손을 펴보지 못하다가, 버스를 탄 후에야 누가 볼세라 고개를 숙여 확인해 보니 꼬깃꼬깃 세 번씩이나 접어 우표 크기만 해진 때 묻은 만 원짜리 한 장… 순간, 울컥 복받쳐 오르던 할매 보살님이 가엾다는 느낌과 함께 고마워했던 마음, 그리고 번쩍, 번개처럼 떠올랐던 할매 보살님의 말씀.

"많이 드려도 욕심이고요, 적게 드려도 욕심이래요."

6·25 전쟁에 남편을 빼앗긴 후 자식이 넷이나 딸린 젊은 과부가 되었으나, 네 자녀 모두 다 차례차례 고등학교까지 졸업시키고, 네 자녀 모두 차례차례 직업을 찾을 때까지 키우셨던 할매 보살님. 그리고 나서야 당신이 할 일은 다 하셨다는 듯이, 젊은 나이로 세속을 떠나 90여 세가 되실 때까지 50년 안팎의 세월 동안, 그 어떤 대가도 받지 않으면서 자질구레한 절 일을 하시며 공덕을 쌓아오셨던 할매 보살님. 불공이나 사십구재 뒤치다꺼릴 하시면서 간간이 받으셨던 용돈마저도 몽땅 부처님 앞의 보시함에 넣으신 다음, 허릴 펴시고 손뼉을 탁탁 치시며 행복해하셨던 할매 보살님. 그렇게 사시던 어느 날, 새벽예불을 마치신 후, 부처님 앞에 고요한 미소를 지으며 쓰러진 채 이 세상을 떠나셨던 할매 보살님.

"많이 드리면 욕심이고요. 콜록…. 적게 드려도 욕심이래요. 콜록콜록…."

그래요. 할매 부처님. 저잣거리의 악한 자들에게 발목을 잡힐 때마다, 저잣거리의 미운 자들에게서 떠나고 싶을 때마다, 깨달음의 벽 앞을 서성거리며 절망할 때마다 당신의 모습을 되새겼습니다.

　"많이 드리면 욕심이고요…. 콜록…. 적게 드려도 욕심이래요. 콜록콜록…"

사랑이 아니고 동정이어요

현재의 삶이 전부라고 착각하여 쾌락만을 찾아다니거나, 그런 쾌락이 계속될 것이라고 착각하는 사람은 이기적인 사랑을 합니다. 그런 사람들이 하는 사랑은 상업적인 거래요, 범죄일 수 있습니다. 원하고 또 원하다가 원하는 것을 받지 못하면 억울해하고 원망하며 탓하다가 급기야는 상대를 해치고 죽이는 짓까지도 서슴지 않으니까요.

그러나 현재의 삶이 전부가 아니라는 것을 알고, 사는 동안의 업에 따라 다음 생의 삶이 행복할 것인가 불행할 것인가가 결정되는 것을 아는 사람들은 '동정', 즉 서로와 한마음이 되어 한 곳으로 가고자 합니다. 부모 · 형제와 처자식들은 물론, 내가 알고 있는 모든 이들을, 더 나아가 동식물들은 물론 심지어 먼지 한 점까지도 소중하고 가엾게 생각하는 마음이 동정심이니, 소중히 하면서도 가엾어하는 그런 마음이 참된 사랑이요, 그런 사랑이야말로 동정심이며, 그런 동정심은 자비심으로 승화되어, 영원히 즐겁고 편안하며 자유로울 수 있는 것입니다.

"내가 있어서 네가 즐거우면 나도 즐거워!"

자비는 '무조건'입니다. 항상 상대부터 이해하고 배려하며 소중히 하되 가엾게 생각하면 함께 할 수 있음만으로도 즐거울 수 있으니까요. 그러나 상대가 나의 자비를 악용하는데도 불구하고 무조건 주는 자비여서는 안 되겠죠. 그런 어리석고 무조건적인 자비심은 상대와 나를 고통스럽게 함은 물론 함께 지옥으로 들어가는 길의 시작이 될 수도 있으니까요.

한 세상 아웅다웅하면서도 잘 살아오셨으리라 짐작되는 백발에 허리가 꼬부라지신 노부부가, 새벽 안갯속의 공원 산책로 위에 서서 부둥켜안은 채 흐느끼는 모습을 보았습니다.

"죄송하지만, 왜 우시는데요?"

"늙은 영감이 불쌍해서 그래요!"
"늙은 할미가 불쌍해서 그래요!"

부부는 닮는다고 했던가요? 두 분의 몸은 따로따로였었지만 한꺼번에 들을 수 있었던 두 분의 말씀…. 두 분의 편안함을 위해 그 자리를 떠나 멀리서 바라다보니, 한참을 그렇게 서로를 안은 채 울먹이며 토닥이다가, 새벽의 싸늘한 공기가 파고들어 서로의 몸이 식을세라 꼬옥 부둥켜안은 채 아스라이 멀어지는 그 모습을 바라보던 제 눈에 왜 눈물이 고여 흘러내렸을까요?

사랑하시렵니까?
동정하시렵니까?

사랑받으실래요?
동정받으실래요?

서로를 이해하고 배려하며 소중히 하고 가엾이 여기면서 다독거려주는 삶이, 악착스럽고도 이기적이며 원시적이고도 동물적인 사랑이 아닌, 자비로 승화되는 사랑입니다.

그 어떤 사람이든, 동물이든 식물이든, 미생물이든 간에 모두 모습을 갖춘 존재여서, 늙고 병들어 죽는 삶을 되풀이한다는 것을 가엾게 여기는 자비심이라면, 그대는 이제 부처님이십니다.

가야산의 메아리

90세를 바라보시던 노스님과 12살 전후의 동자승…. 언제나 빙긋 웃으시며 대답을 대신하시던 노스님과 인자하신 스님의 곁에만 있어도 마냥 행복했던 동승. 감히 스님의 귓불을 잡고 '할배'라고 부르며 어리광을 떨어도 탓을 않으셨던 스님과 잠시만 스님을 뵐 수 없어도 눈을 동그랗게 뜬 채 가슴이 콩콩 뛰었던 동승….

이글대며 내리쬐던 뙤약볕 아래, 메마른 적막 속의 가야산 길을, 휘이휘이 스님은 앞서가시고 깡충깡충 동승은 뒤를 따르며 계곡 따라 굽이굽이 내려가는데, 왕거미가 거미줄에 걸린 예쁜 나비에게 달려드는 걸 조잘대며 깡충대던 동승이 보았습니다. 황급히 가질 꺾어 거밀 쳐내고 거미줄 범벅인 나비를 추슬러 푸르른 하늘로 날려 보낸 뒤, 나비 한 마리를 살려준 기쁨과 함께 노스님의 칭찬을 기다렸는데, 뒤통수가 깨지는 듯한 아픔과 함께,

"이놈아! 나비는 살렸지만 죽인 거미는 어쩔래?"

"……."

"봐라, 이놈아. 네놈이 갈라놓은 저 거미 배 속의 알들은 또 어쩔 것이고? 거미와 저 많은 알을 죽인 네 놈의 업보는 또 어쩔 것이냔 말이다. 이 철딱서니 없는 녀석아?"

"……."

"제 몸 하나 먹고 싸고 자고 입는 것도 추스르지 못하는 놈이, 공부해야 할 일들이 태산 같은 녀석이…, 누가 널 더러 거미와 나비의 인연사에 뛰어들어 죽이고 살리라 했더냐? 이놈아."

"……."

"아 얼른 대답하지 못할까?"

"아…, 그…."

"이놈아! 나비는 살렸지만 죽인 거미는 어쩔래?"

"그게…, 저…."

"그리고 죽고 말 저 많은 거미 알들은 또 어쩌고?"

"……."

"내 물음에 답하지 않으면 너를 절에서 쫓아낼 것인즉, 다시는 나를 못 볼 줄 알아라."

"……."

청찬은커녕 그렇게 동자승의 뒤통수를 후려갈겨 코피까지 흘리게
하시고, 마치 당장이라도 내쫓기라도 하실 듯 호통을 치신 스님께서는,
동승의 뒤통수가 깨질 듯한 아픔과 마음의 상처는 아는 체도 않으셨습
니다. 동승 앞에 버티고 서신 채 잡아먹을 듯이 내려다보시더니 놀람
과 고통으로 눈이 동그래진 동승을 산짐승들이 득실거리는 적막한 깊
은 산속에 홀로 두신 채, 뒤도 돌아보지 않으시며 휘이 휘이 산길을 내
려가셨습니다. 스님께서 내려가시기를 기다렸다는 듯, 자지러지게 울
려 퍼졌던 산 매미들의 노랫소리에 뒤이어 서럽게 울려 퍼졌던 동자승
의 울음소리는, 그렇게 가야산의 메아리가 되어 적막 속으로 스러져 갔
었습니다.

아스팔트 위의 지렁이

욕망, 갈망, 방황, 절망…, 아직은 한여름의 타는 듯한 땡볕인데, 달걀도 익힐 수 있을 것처럼 뜨거운 시멘트 길 위로 기어 나와 온몸에 화상을 입고 죽어가던 녀석이 있었습니다.

밖으로 나와야 할 때도 있을 곳도 아닌데, 그 촉촉하고 아늑한 땅밑을 기어 나와서는 어디로 가야 할지도 모르는 채, 죽음을 앞둔 것도 모르는 채, 다만 살고자, 살아남고자 고통에 겨워 몸부림치던 녀석. 그렇듯 화염지옥 속으로 뛰어든 건 자기 자신인데, 누구를 원망하고 있을 것인가요?

지나던 각각 두 나그네가 있어, 한 사람은 지렁이라는 녀석의 고통을 안타까이 여겨 적당한 숲의 촉촉한 땅으로 옮겨주는 사람이요, 또한 사람은 그런 녀석의 고통을 보고도 못 본 척 지나가는 사람이라면, 누가 진정으로 지렁이를 위하는 사람일까요?

경허 스님께서 제자와 함께 논두렁을 지나시다가, 용돈을 벌기 위해 미꾸라지를 잡아 파는 개구쟁이들을 만나게 되었었는데, 경허 스님을 따르던 제자 스님이 경허 스님께서 주셨던 용돈을 몽땅 털어 그 미꾸라지들을 사들인 후 논으로 다시 놓아주는, 사람들이 흔히 알고 있는 방생을 했다던가요.

방생을 한 제자는 자기 자신이 베푼 선행을 스스로 기특해하면서, 앞서가시던 경허 스님을 뒤쫓아 따르며 "스님, 스님께서 주신 용돈을 털어 방생하였습니다"라고 말씀을 올린 다음 스승의 말씀을 기다리며 은근히 칭찬을 기대했었는데, 천만뜻밖으로 곁도 돌아보지 않으시면서 냉정하게 던지셨던 말씀이,

"쯧쯧! 이제 네 놈의 또 다른 악업이 시작되었구나!"

"… 예?"

"또 다른 너의 망상과 번뇌가 시작되었단 말이다. 이놈아."

호통을 치신 경허 스님은 제자야 따라오든 말든 앞장서신 채 뒤도 돌아보시지 않고 횡하니 발길을 재촉하셨다더군요.

불편하긴요, 영감 곁에 자는데

새벽 5시면 어김없이 거의 사용하지 못하는 왼쪽 다리를 절뚝거리며 좌판을 벌여, 두부나 콩나물 등속을 파시다가 오후 6시가 되어야 들어가시는 70여 세의 노보살님.

"영감님이나 자제분들은 어디 계시는데요?"

"영감님은 뇌내출혈로 1년 전부터 병원에 계셔요."

"그럼 보살님은 자제분들과 함께 지내시겠네요?"

"아뇨, 아들 하나 있는 게 제 아비에게 사사건건 대들어서 몇 년 전에 내쫓았어요."

"그럼 밤에는 혼자 주무시나요?"

"왜 혼자 자요? 병원에 가서 영감 침대 옆에 간병인용 자리를 깔고…."

"여러모로 불편하시겠네요?"

"불편하긴요, 영감 곁에 자는데…."

"치료비도 많이 들겠고…."

"돈은 왜 벌어요? 이럴 때 쓰려고 벌지, 어쨌든 영감만 빨리 나았으면 좋으련만…, 영감이 미안해하며 내 눈치 좀 안 보게…. 아프고 싶어서 아픈 것도 아니고, 미안해할 것도 없는데 미안해한다니까요, 나는 영감이 살아있는 것만으로도 얼마나 고마운데…."

"".......!"

"안 그래요? 스님, 만약 영감 먼저 가고 나 혼자 남았다고 생각해 봐요."

"보살님이 부처님이시네!"

"에휴! 스님도 차암…. 아! 제가 편해지자고 하는 일인데요, 뭘…"

'상대를 죽이면 내가 죽고, 상대를 살리면 내가 산다'라고 했던가요? 나이 들고 다리까지 절뚝거리면서도 꼭두새벽부터 좌판을 벌여 놓은 채 항상 웃으시던 모습을 안타깝고 불쌍해하던 제 마음은 봄눈 녹듯 사라지고, 오히려 입원실 영감 곁의 쪽 침대에 누워 곤히 행복한 잠을 청하시는 늙은 보살님의 모습, 그리고 미안해하고 고마워하는 마음으로 늙은 아내를 내려다보시며 눈시울을 적실 영감님의 행복(?)이 부러워서… 저 역시 그냥 막 코끝이 찌잉 하면서 눈물을 떨굴 뻔했는데, 거 참…, 철들려면 아직도 멀고 먼 중이다, 싶더라니까요.

천 원짜리 할머니

할머님께서 재래식 시장에 '해 뜨는 식당'을 여신 것은 지난 2010년 전후부터였다고 하는데, 밥값이 천 원이라 '천 원 할머니'라고도 불렸습니다.

할머님은 젊어서 사업에 몇 번 실패하기도 하셨답니다. 그래서 다시 보험회사에 근무하시다가 은퇴하신 후 악착같이 모은 돈으로 찜질방을 시작했지만, 그마저도 투자한 돈을 몽땅 사기당하셨다고 합니다. 뺏기 아니면 뺏기기인 척박한 세상에서 마음의 상처만 만드느니, 나머지 삶을 어려운 사람들을 도우면서 편한 마음으로 지낼 방법을 찾다가, 재래시장 한쪽에 천 원짜리 백반집을 여셨다고 합니다.

워낙 싼 값에 음식을 팔다 보니 날이 갈수록 손님이 늘긴 했으나, 운영비도 제대로 나오지 않아 빚까지 얻어 쓸 지경이었는데, 다행히 식당 소문을 들은 선한 사람들이 쌀이나 콩, 반찬 재료, 연탄 등을 보시하거나 된장이나 김치를 담가주기도 했다고 합니다. 더러는 한 끼 값으로만 원짜리를 몇 장씩이나 건네며 '이것밖에 못 드려 죄송하다'라는 손님도 있었으므로, 더 많은 사람에게 음식을 베풀 수 있었고, 불우이웃까지도 도울 수 있었다고 하셨습니다.

　지난 2012년경 할머님께서 대장암으로 쓰러지시면서 식당의 문을 닫게 되었는데, 그 소식을 들은 시장 상인들과 시민들이 할머님 돕기에 나섰고 할머님은 건강을 회복해서 한 해 만에 다시 식당 문을 열었습니다. 그런 할머님께서 몇 해 지나지 않아 이제 세상에서 하실 일은 다 하셨다는 양, 73세의 편안하신 모습으로, 정녕코 편안하신 모습으로 이 땅을 뜨셨습니다.

　"내가 천 원이란 돈이나마 받는 이유는, '밥값이 싸니 고마워하는 마음으로 겸손하되 비굴하지 않은 성품을 기르라'라는 뜻이고, 내가 천 원이란 돈이나마 받는 이유는, '천 원이나마 밥값을 내니까 당당하되 거만하지 않은 성품을 기르라'라는 뜻이야."

어즈버 태평연월이 꿈이런가 하노라

안타깝게도 지금은 거의 사라진 풍경이 되었지만, 예전에는 장터에 오일장이 섰습니다.

그런 장터에는 어묵이나 국수에다 막걸리 한 잔으로 환하게 웃음 짓던 할아버지들과 분홍빛 옷으로 곱게 차리고 나오신 할머니들도 계셨습니다. 물론 아저씨와 아주머니도 계셨고 총각과 처녀도, 소년과 소녀도, 엄마의 등에 업힌 갓난아기들도 있었습니다. 선량한 사람과 불량한 사람, 부자와 거지, 힘깨나 쓴다는 사람과 유약한 사람도 있었지요. 소나 돼지, 닭이나 개, 강아지나 염소, 고양이나 병아리 등이 있었고, 산 깊은 촌락에서 수확한 먹거리와 쓸거리 등속을 모아 싣고 나와서 물물교환하는 소달구지도 만날 수 있었는데, 물론 오래전 이야기입니다.

그랬습니다. 그런 장바닥에 모여드는 사람들은 거의 모두가 다 햇볕에 까맣게 그을렸으며 바싹 마른 몸에 남루한 차림새들이었지요. 그러나 무엇이 그리도 즐거우셨던지 이른 새벽부터 별이 초롱초롱 돋아나는 늦은 시간까지, 또 무슨 하실 말씀들이 그리도 많으셨던지 잠시도 쉬지 않고 왁자한 모습이었는데, 더러 언성이 높아지는 일도 벌어졌지만, 대부분 싱글벙글, 하하 호호, 깔깔 껄껄이었습니다.

그랬습니다. 장터에 모인 사람들 거의 까맣게 탄 얼굴과 주름진 손등이 툭툭 갈라진 채로 그 흔했던 글리세린연고조차 바르지 못하던 궁핍한 삶들이었지만, 맑고 건강한 웃음소리가 쌀을 튀기는 소리와 함께 뻥뻥 울려 퍼지던 그 장터야말로 조상님들과 부모님들의 터전이었고, 우리네 고향의 중심이었습니다.

그랬습니다. 아코디언 연주자를 둘러싼 채 흥에 겨워 어깨춤을 추거나, 엿이나 솜사탕, 아이스케이크나 약장수들을 따라 침을 꼴깍거리던 어른들이나 아이들 하며, 지치고 충직한 소가 마치 당신 자식이라도 되는 양 막걸리와 낙지를 먹이던 사람들이 소와 함께 취하여 소의 등에 기대거나 배를 베고 누운 채 낮잠을 즐기시던 모습 등, 그런 장터는 산촌이나 촌락에서 곱씹던 외로움을 나누고, 세상 돌아가는 소식을 들으며 울고 웃던 고향이었습니다.

그랬습니다. 지금으로부터 약 50여 년 전이었을 그때의 한 동자승

(童子僧)은 마흔 문턱을 넘어선 스님보다 앞서 깡충거리며 탁발이나 필요한 물품을 사기 위해 '가야장터'나 '야로장터'는 물론 멀리 '고령장터'까지도 따라다녔습니다. 동자승은 장터에 나설 때마다 '아이스께끼'라고 불렀던 얼음과자가 어찌 그리도 먹고 싶었던지요.

"스님, 지도예, 아이스께끼 장사하모 안 되겠심니꺼?"

"……?"

"그라모 탁발 안 해도 된다 아입니꺼. 밥도 사 묵고, 아이스께끼도 묵을 수 있으니까예."

"이눔이, 먹고 싶으면 먹고 싶달 것이지, 둘러대기는!"

"……!"

"그리도 먹고 싶으면 내 다음 장날 사 줄 테니까, 잠자코 앞장서거라."

그러나 그리 약속하시고도, 그 스님께서는 동자승이 그렇게 먹고 싶어 하던 얼음과자를 한 번도 사 주시지 않으셨지요. 그런데 한 달 전쯤. 스님들로부터 그때 그 스님께서 두 달 후 세수 100세가 되시는 생일에 당신의 몸을 버리고 떠나는 날로 정하셨다는 연락을 받았는데, 가신다는 날짜를 며칠 앞두고서야 겨우 찾아뵙고 잘 가시라는 인사를 드릴 수 있었습니다.

그때 뵙자마자, 지금까지도 사 주시지 않은 아이스께끼 비슷하게 생긴 것이라도 한 개 사 주시고 떠나시라고 청을 드리면서, 그래야 그 얼음과자 못 얻어먹은 한으로 사람으로 다시 태어나 스님을 뵙는 일이 없지 않겠냐고 여쭈었더니, 고요히 누우신 채 죽음을 기다리시던 스님께서 껄껄 웃으시며 빈 주먹을 내던지시듯 흔들며 말씀하시더군요.

"옜다, 아이스께끼…. 맛이 어떠냐?"
"예, 맛이 꿀맛과 같습니다."
"그럼 됐다. 이제 가 보거라. 껄껄껄…."

그렇게 우렁찬 스님의 웃음소리와 함께, 아이스께끼 아닌 아이스께끼를 한 개 얻어먹고 사람으로서는 다신 만나지 말자는 서원으로 작별 인사를 대신 한 다음 가야산을 내려왔습니다.

그렇게 가야산을 떠나면서 마침 '야로장'이 섰다고 하여 잠시 들렀으나, 그렇듯 순박하고 활기찼던 옛날 야로장터의 모습은 온데간데없었으며, 사람 보기 어려운 장터엔 휑하니 바람만 몰려다니고 있었습니다. 흡사 산승께서 떠나시고 난 다음 텅 비게 될 자리처럼 말입니다. 그 야말로 '장터는 의구한데 사람 보기 어렵고, 산천은 의구한데 산승도 곧 떠나시리니, 어즈버 태평연월이 꿈'이 어쩌고저쩌고하면서 휘적휘적 빗속을 거슬러 올라와 잘 먹고 잘 자고 있으나, 지금도 그날이 또 그

날입니다.

그리고 참! 옛날 장터야 사라져가지만, 그 대신 시장이 있고, 마트도 있고, 백화점도 있고, 사람들도 있으니까 괜찮다고 하겠지요? 비록 사람들 사이의 그런 풋풋하고 싱그러운 정이야 느낄 수 없지만 말입니다.

깨달은 줄도 모르고

평생 찬 방에 주무시며 헐벗고 굶주리면서도 노점상으로 어렵게 돈을 모은 할머니셨습니다.

할머님이 가난하게 사시면서도, 가난하고 병들어 외롭고 고통스러운 사람들을 가엾이 여기시면서 가졌던 모든 것들을 그들을 위해 베푸셨으니, 할머니야말로 진정 깨달은 분이셨지만, 정작 자기 자신은 깨달은 줄도 몰랐습니다.

길바닥에 버려져 죽음을 맞이하는 사람들을 거두어 편안한 임종을 맞이하도록 뒷바라지를 하면서도 평생 찬 방에 주무시고, 가난하고 병들어 외롭고 고통스러운 사람들을 가엾이 여기고 슬퍼하며 돌보셨던 할머님 역시 진정 깨달은 분이셨지만, 정작 자기 자신은 깨달으신 줄도 몰랐습니다.

반면, 자기 스스로 깨달았다면서도 진정 깨닫지 못한 사람들이 있으니, 그들이 온갖 수행 끝에 세상의 삶이 덧없는 고통의 연속이라는 걸 알았다 하더라도, 가엾은 사람들과 세상을 외면하고 홀로 즐겁고 편안함을 누린다면, 그런 사람은 깨달은 사람이 아니라 어리석은 사람입니다. 장차 부처님이 된다는 것은 상상조차도 할 수 없는 것입니다.

　진정 깨달은 이는, 조건 없는 자비를 베풀며 단 한 사람이라도 더 즐겁고 편안하며 자유로운 삶을 살게 하면서, 한 사람이라도 더 깨닫게 하여 함께 부처님이 되고자 하는 사람입니다. 그래서 부처님께서는 깨달은 이는 자비를 바탕으로 하되 중생을 이끄는 사람이라고 하셨습니다. 깨달음의 네 가지 덕목인 '겸손함'과 '솔직함'과 '단정함'과 '유능함'을 갖춰 사람들을 이끄는 사람이 진정 깨달은 사람이라고 하셨으니, 그 네 가지 덕목을 바탕으로 사람들은 물론 온 우주 삼라만상과 함께하면서 부처님이 되라고 하신 것입니다.

파밭 속의 행복

"아이고 우리 보살님들! 이 뙤약볕에 더워서 어쩌까요?"

"어쩌까요라니요? 하나도 안 더운데요오오~."

"고생스러워서 또 어쩌까요오오~?"

"어쩌긴 어쩌까요오오~? 재밌기만 한데요오~! 깔깔!"

"……."

"일 안 하고 계셔 봐요, 스님. 얼마나 덥고 지루한지?"

"일하는 게 노는 것이라니까요. 깔깔깔!"

"일손 놓아 봐요. 생각나는 건 죽은 영감뿐이고, 생기는 건 병뿐이라니까요!"

"저 할망구가 또 영감타령일세!"

"에이 이 할미야, 너도 영감 먼저 보내고 혼자 남아 봐라."

"지금 악담하는 것이여? 이 할망구가?"

"영감 있을 때 잘하란 말인데, 뭔 악담이야, 악담이? 이 망탱아."

"하이고! 저 앙숙들이 또 붙었네! 그만하고 새참이나 먹자. 깔깔"

"스님도 우리랑 같이 한 숟갈?"

"아니, 저는 새참에 익숙잖아서."

"에헤이! 스님?"

"그래요, 함께 앉아서 한 숟갈만 하고 가요. 네? 스니임?"

"맛있게들 드셔요. 제 걱정하지 마시고….”

"스님이 우리랑 내외하시는 모양이다! 다 같이 늙었으면서! 깔깔깔!"

"맞다! 스님 얼굴 빨개지신 것 봐라. 깔깔깔!"

"자, 저는 이제 갈 거니까요. 새참 맛있게들 드셔요오~."

"우~릴 버어~리고 가아~시는 니이임아~아~."

"얼씨구? 스님이신데, 그만 못 할겨? 이 망구야."

"아, 발병 난다는 뺐잖아, 이 할미야. 깔깔깔!"

"스님보고 임이라고 했잖여? 이 망구야."

"에헤이! 무식이 하곤! 믿고 의지하면 임이지, 뭐가 또 임인데, 이 할미야. 깔깔깔!"

우리 보살님들은, 하루에 3만여 원 미만인, 한 달에 며칠 안 되는 날들의 품삯만으로도 그 누구의 눈치도 보지 않고, 당당하고 건강하며 즐겁게 사시면서 베풀기까지 하신다고 합니다.

부처님께서는 사람들을 부처님과 인연을 맺게 하고, 부처님의 가르침을 쉽게 이해하게 하여, 항상 즐겁고 편안하며 자유로운 삶을 살게 하다가 그들 역시 부처님이 되시라 하셨습니다. 그러나 어떤 승려들은 이해하기 어려운 한문으로도 모자라 인도어까지 들먹이며 저들을 더더욱 이해하기 어렵게 만들면서, 뜻도 모를 진언이나 다라니를 외워 읊게 하고 방아깨비처럼 절만 하게 하면서 사람들을 맹목적이고도 원시적인 신앙인으로 만들고 있습니다.

그래요. 착하기만 하신 우리 보살님들! 세세생생 착하시되, 언젠가는 부처님의 바른 가르치심을 배워 아시어 스스로 항상 즐겁고 편안하며 자유로우신 삶이 되신다면 끝내는 모두 다 성불하리다.

행복하신가요?

　인도를 침략하여 지배했던 사람들은 있지도 않은 신들을 거짓으로 만들어, 그 신의 뜻이라는 거짓말까지 덧붙이며 사람들의 귀하고 천함을 구분한 '카스트'라는 제도를 통해 사람들을 네 가지 계급으로 나누었습니다.

　그 첫째는 성직자, 학자 등 사회교육을 책임지면서 힌두교의 신들에게 기도를 드리는 '브라만'이고, 둘째는 정치인, 군인, 경찰관 등 사회의 안정을 유지하며 국가를 통치하던 '크샤트리아'이며, 셋째는 상인, 수공업자, 예술 등과 관련된 일을 하던 '바이샤'이고, 넷째는 농민, 노동자 등과 관련된 일을 하던 '수드라'입니다. 그러나 네 개의 계급에도 속하지 못하는 부류들이 있었으니, '하리잔'이라고 합니다. 하리잔은 사람 취급은커녕 마치 가축처럼 취급되는 계급이며, 그 외의 천민들은 약 2,370여 개로 나눠진다고 합니다.

'하리잔' 등의 천민들은 다른 계급의 사람들과 몸을 스치기만 해서도 안 된다고 하여 '불가촉천민(不可觸賤民)'이라고 불리는데, 그들은 호적조차도 없어서 동물보다도 더한 천대 속에 거리에서 태어나 거리에서 자라고, 거리에서 짝을 만나 거리에서 자식을 낳으며, 거리에서 늙고 병들어 거리에서 죽음을 맞이하며 평생을 구걸로 목숨을 이어간다고 합니다.

그런 불가촉천민은 그 어떤 일도 할 수 없으며, 설령 일한다고 해도 정당한 대가는커녕 한 푼도 받지 못한다고 합니다. 그래서 부모는 처음부터 자식이 구걸로 목숨을 이어갈 수 있도록 낳자마자 불구로 만들기도 했다고 합니다. 거기에는 장차 늙고 병이 날 자신을 부양할 수 있게 하려는 의도도 있었다고 하니, 그 참상은 같은 사람으로 살아있음조차도 진저리치게 하는 참혹한 지옥이더군요.

그러나 1947년 영국으로부터 독립한 인도의 불교도였으며, 그 역시 불가촉천민이었던 초대 법무부 장관 암베드카르(Bhimrao Ramji Ambedkar)에 의해 불가촉천민들에 대한 차별대우가 법적으로 금지되었지만, 지금까지도 그 악습은 거의 고쳐지지 않은 채 이어져 오고 있습니다.

이상한 것은 인도의 천민들은 자신들의 삶을 억울해하거나 고통스러워하지 않고, 상위 계급의 사람들이 으스대거나 멸시를 해도 그들을 미워하지 않으며, 그들의 허영과 사치를 부러워하지도 않는다는 것입니다. 비록 구걸로 하루하루 고단한 삶을 이어 가곤 있지만, 항상 순박하고 해맑은 웃음을 머금은 채, 자기들보다도 가난하거나 약해 보이는 이들을 만날 때면, 그들의 행복을 기원함은 물론 그들에 대한 도움까지도 서슴지 않으면서요.

그런데 그들 천민이 겪는 고통을, 그들이 노력하지 않은 까닭이라면서 그들 자신의 탓으로 돌려야 할까요? 자기 행복을 성취하기 위해 노력하지 않는 무책임과 게으름의 결과이므로 동정할 가치조차 없는 삶이라고 규정해야 할까요? 있지도 않은 신의 계시라든가, 선의의 경쟁이라는 교활한 핑계를 둘러대면서 당연시해야 할까요? 약한 자들의 것을 속이고 빼앗거나 해치면서까지 자신들의 이익과 쾌락만을 추구하는 사람들처럼 살지 않는 그들을 어리석다 해야 할까요? 아니면 현재의 삶이란 어떻게 살아도 한낮의 꿈, 아침의 이슬과도 같음을 깨달은 사람들로 보아야 할까요?

인도 초대 법무부 장관 등의 요직을 거친 암베드카르나 인도 경제 부흥을 이끈 모디 수상 등도 불가촉천민 출신인 것을 상기해 보면, 결국 개인의 삶은 종교나 정치, 사회적 요소 등으로 결정되는 것이 아니고, '법등명 자등명(法燈明 自燈明)'이라, 부처님의 가르침에 따르되 자기 자신의 등불, 즉 자기 자신의 삶은 자기 자신이 밝힘에 따라 달라진다고 할 수 있겠습니다.

　그러나 사람들이 최고의 위치에서 삶을 살던 최하의 위치에서 삶을 살던, 저마다의 삶을 저마다 행복으로 여긴다면, 다만 처지가 딱한 다른 이들을 외면하지 않고 작으나마 도움의 손길을 내밀며 사는 삶들이라면, 그런 삶들이야말로 존경받아 마땅한 삶이라고 할 수 있겠습니다.

자기 자신의 주인이어야

미국의 한 소년이 아버지의 심부름으로 강 건너 친척 집으로 갔다가 되돌아오는 길에 폭우가 쏟아져 강기슭에 닿았을 무렵엔 이미 강이 넘쳐 도저히 건널 수 없었습니다. 이미 한밤중으로 접어들고 있었으므로 굶주린 산짐승들이 숲속에 숨은 채 새파란 눈을 번뜩이며 소년이 지치기만 기다리고 있었으므로, 소년은 죽음에 대한 공포와 절망감으로 마음조차 추스를 수 없는 상태가 되었습니다

그때 이미 그 사실을 예상했던 소년의 아버지가 강 건너 기슭 위에 나타났으므로, 소년은 아버지의 도움으로 강을 무사히 건널 수 있으리라는 기대로 날 듯이 기뻐했습니다. 그러나 소년의 그런 기대와는 달리 그의 아버지가 냉정하게 소리치기를,

"자 이젠 어떻게 할 테냐? 네 헤엄 실력으로는 충분히 이 강을 건널 수 있으니, 최선을 다해 건너와 살 것이냐? 아니면 그곳에서 머뭇거리

다 산짐승들의 밥이 될 것이냐?"

　한 가닥의 밧줄만 던져주어도 그 밧줄을 잡은 아들이 쉽게 강을 건널 수 있었을 텐데, 그렇게 말을 끝낸 아버지는 냉정하게 몸을 돌려 집으로 돌아가 버렸습니다. 그때 마음을 다잡은 아들은 그야말로 죽음을 무릅쓴 끝에 가까스로 강을 건너 자신의 목숨을 구했음은 물론, 자기 자신에 대한 자부심을 품게 되어 후에 미국의 독립전쟁에서 큰 공을 세우고 존경받는 장군이자 정치인이 되었다고 합니다.

　위와 같은 교육의 자세는 비단 자식 교육에만 적용할 게 아니라, 자기 자신은 물론 모든 이들에게 적용해, 개인과 사회의 의무와 권리를 지키며 자유를 키워 나아가야 할 덕목이 아닐까요.

　안되면 나라 탓, 사회 탓, 조상 탓, 부모 형제 탓, 친구나 동료 탓, 배우자나 자식 탓이나 하면서 귀중한 자신의 삶을 파멸의 길로 끌고 들어가는 삶들이 왜 이리들 많은지요? 탓하면서 다투거나 싸우는 그 시간에 자기의 삶을 돌보는 것이 자기 자신은 물론 모든 이들과 더불어 항상 즐겁고 편안하며 자유로워질 성불로 향하는 지혜로운 자세인 것을 몰라서 그럴까요?

　탓하면서 싸운 후에는 이긴 자도 진 자도 모두 다 상처투성이가 되어 되돌아 앉은 채 상처를 끌어안고 고통을 겪으면서도, 그런 상처나 고통이 채 가시기도 전에 또다시 싸울 궁리나 하는 것이 얼마나 어리석은 삶이라는 것을 몰라서 그럴까요? '가난은 나라도 구제하지 못한다'라는 격언과 아울러, '자기 자신으로부터 시작하지 않는 자는 부처로서도 어쩔 수 없다'라는 부처님의 가르침을 되새깁니다.

침술이 인술이라

"스님, 다리 아픈교?"

"아입니더. 괜찮습니더."

"괜찮기는, 절뚝거리시는데. 이리 와 보이소. 고마. 지가 함 봐드리 께."

"……."

"하이고! 우짜노 이거? 우째 이리 땡땡 부어갖고 절룩거리시면서도 괜찮타카시는 기요?"

"……."

"어른 스님께서는 뭐라 안 카시든교?"

"걱정하실 꺼 같에서 괜찮다캤심더. 그라고… 꾸지람 듣는 것도 무 섭고예."

"꾸지람은 와요. 아픈 기 뭔 잘못인교?"

"지 몸은 지가 잘 챙기야 된다꼬 카셨거등예."

"그래도 그렇제, 이 모냥이 되실 때까지……."

그렇게 투덜거리면서 챙겨 드신 것이 아마 12~3cm는 되었을 정도로 길고 굵은 대침이었습니다. 그때 그 대침을 동자승의 무릎 깊숙이, 침의 꽁무니가 보이지 않을 정도로 찔러 넣었을 때, 동승은 울컥 복받쳐 오르는 격정을 어쩌지 못해 왈칵 눈물을 쏟고 말았는데, 그 눈물은 동승에 대한 할아버지의 이해와 배려에 감격한 까닭이었을 것입니다.

"와? 아푼교?"
"하나도 안 아픕니더."
"그런데, 와 우시는 깁니꺼?"
"참말로… 하나도… 안 아픕니더."
"차암! 우리 스님 어린 나이에 독하기도 하제, 무자게 아플 낀데…."

그렇게 딱 한 번 침을 맞고 난 순간, 일 년씩이나 제대로 앉고 서지도 못할 정도로 고통스러웠던 통증이 씻은 듯이 사라졌습니다. 해우소에 들를 때마다 쪼그려 앉지조차 못해 이를 악문 채 눈물까지 흘리며 일을 보아야 할 정도의 통증이었습니다. 눈물을 흘리면서도 무어라 말할 수 없는 환희와 함께 할아버지의 품에 안겨 하늘로 날아오르고 싶었던 동승이었습니다.

 그로부터 서너 해가 지나 동승이 해인사를 떠날 때까지도 동승은 할아버지의 뛰어난 침술은 물론 자신에 대한 이해와 배려에 고마워하면서, 할아버지께서 첩첩산중 야로장터 한쪽 귀퉁이 쪽방이나 진배없는 비좁은 한의원을 지키고 계신 탓에 많은 사람을 위하실 수 없음을 늘 안타까워했었습니다.

 그 후 한여름이 떠나갈 즈음의 어느 날, 동승이 경을 읽던 중 일체유심조, 즉 그 어떤 일이든 마음먹는 대로 이루어지며, 극락도 지옥도 제 마음으로 만든다는 가르침과 맞닥뜨렸을 때 문득 와닿은 것이 있었습니다. 일상적이던 무릎의 통증은 물론 그 길고 긴 대침을 맞을 때도 무릎의 통증을 느끼지 않을 수 있었던 건, 그 할아버지의 뛰어난 침술 덕분이기도 했겠지만, 무엇보다 근본적인 원인은 할아버지의 이해와 배려에 대한 고마운 마음에서 비롯되었다는 것을 알았던 겁니다.

 동승이 되기 전 그의 가정환경은 먹고 교육을 받는 데는 그리 큰 지장이 없었지만, 동승은 자식들을 열씩이나 키우고 가르쳐야 하는 부모의 희생은 과연 무엇을 위한 희생일까? 부모의 고통은 아랑곳하지 않은 채 부모의 사랑을 독차지하려 아귀처럼 다투는 형제의 경쟁은 또 무엇을 위한 경쟁일까? 라는 의문으로 힘겨워했습니다.

 동승은 자기가 부모 형제들의 삶을 긍정적으로 보지 못하고 부정적으로만 보는 건 아닌가 하고 회의에 사로잡히기도 일이 잦았습니다. 항상 깊은 생각에 빠져 형제들과 어울리지 못하고 이웃 또래들과도 어울리지 못하는 외톨이었으므로, 그는 가족은 물론 가족 이외의 사람들과도 다정다감함을 주고받을 기회가 없었습니다.

그러다가 결국 세속의 삶을 포기한 후 책에서 읽은 영원한 삶의 길을 찾고자 해인사로 길을 떠났었는데, 해인사로 가던 길에 가야장터에서 거지 아이와 옷을 바꿔 입고 대웅전 앞에서 마주친 큰 스님께 고아라서 의탁할 곳이 없으니 거두어주시라고 거짓으로 하소연하면서, 며칠을 해인사 안팎에서 잠을 자고 맴돌면서 스님을 따라다니며 매달린 끝에 출가에 대한 허락을 받을 수 있었습니다.

그러나 절집이야말로 다정다감함과는 거리가 먼 엄격한 계율이 지배하는 곳이라서 홀로 외로움을 삭여야 했던 까닭에, 사람들과의 친밀한 감정에 목말라 하던 어린 동승이었는데, 그러던 중 쪽방 한의원 할아버지의 다정다감함을 접하고 마음속의 응어리가 풀리면서 몸에 활기가 돌아 기적과도 같이 무릎의 통증이 사라졌었으니, 그 할아버지의 넉넉하고 푸근한 마음이야말로 침술보다 뛰어난 명약이라고 할 수 있겠지요.

심리학 용어 중에 플라세보 효과(placebo effect)란 게 있는데, 이는 밀가루로 만든 알갱이를 약이라고 속여 환자들에게 복용시켜도, 환자들이 치료를 위한 약이라고 믿는다면 환자의 병을 낫게 할 수도 있다는 심리작용을 뜻하는데, 플라세보란 말은 라틴어에서 나온 말로 기쁨이나 즐거움을 준다는 뜻입니다.

2차 세계대전 중 상처를 입은 군인들의 통증을 완화해 줄 수 있는 모르핀이 부족해지자, 의사가 식염수를 모르핀이라고 속이고 환자들에게 투여했더니 뜻밖에도 환자들의 통증이 완화되었다는 사례가 있습니다.

감기 환자들을 두 그룹으로 나눠 한쪽은 밀가루로 만든 알갱이를 약이라고 속여 나눠 먹이고 한쪽은 주지 않았는데, 밀가루로 만든 가짜 약을 먹인 쪽이 먹지 않은 쪽에 비해 사나흘이나 빠르게 회복되었었다는 실험 보고도 있지요. 사람의 기대 심리나 믿음을 이용해 몸과 마음을 활성화함으로써 통증과 간단한 질병을 치료할 수 있었던 겁니다.

당연한 일이겠지만, 믿음에 의해 병이 호전되거나 완치되는 사람들은 대부분 긍정적인 사람들이라고 합니다. 그러나 긍정이 지나치면 바보가 될 수도 있으니, 플라세보 효과를 믿고 약의 복용과 치료를 거부해서 겪지 않아도 될 불행을 초래해서는 안 되겠죠. 플라세보 효과는 위급한 때를 벗어나는 방편이 될 순 있겠지만, 보편적으로 적용하기에는 과학적 근거가 충분치 않기 때문입니다. 플라세보 식의 긍정적인 습관이 삶의 실상을 바로 보고 바로 생각지 못하게 하여 환각 내지는 착각 속에 빠지게 할 수도 있는 위험성을 내포하고 있는 까닭이니까요.

가신 임을 그리워하며

노스님과 함께 하루 내내 산기슭 산막의 텃밭에서 감자를 캐내어, 밭이랑마다 군데군데 쌓아 두었던 서너 가마쯤 됨직한 감자들을 헛간에 저장하려 하자,

"놔둬요. 그건, 우리 몫이 아니니까."
"우리 몫이 아니라니요? 스님?"
"이웃들 몫이란 말이여."
"이웃이라뇨? 이 산중에 누가 있다고?"
"스님에겐 사람만 이웃인가? 하늘땅은 물론이고 산이나 강은 물론 그곳에 사는 모든 것들이, 심지어 먼지 한 점까지도 다 이웃인 것을."
"!"
"특히 이 근처의 모든 동식물이나 미물들은 더더욱 가까운 이웃이거든. 이웃사촌이란 말이지. 사시사철 항상 서로를 궁금해하니까 말이여."

"그렇다고 이 많은 감자를 산짐승들에게 다?"

"다라니? 몇 톨이나 된다고, 녀석들이 겨울 문턱에 들어서기도 전에 다 챙겨 먹거든. 영리한 녀석들은 물고 가서 겨우살이를 위해 저장도 하니까 말이여."

"그렇다면 스님께서는 겨울을 어찌 나시려고요?"

"저 축생들도 겨울을 잘도 나는데, 사람인 내가 무슨 걱정일까."

민가에서 예닐곱 시간을 올라가야 닿을 산 중턱 깊은 골에 홀로 사시던 80여 세의 노스님은 50여 년을 그렇게 홀로 살아오셨지요.

수행할 토굴을 찾아 헤매다가 해거름의 산속에서 길을 잃었으므로, 산짐승을 피해 나무 위나 바위틈에서 밤을 새워야 하나 싶었는데, 다행히 노스님의 산막을 발견해 허락을 받고 하룻밤을 잘 수 있었습니다.

그렇게 하룻밤을 편히 보낸 후, 노스님께 배울 것이 있다 싶어, 허락을 받은 그 날부터 밭작물을 돌보며 가르침을 기다렸으나, 한 달이 지나도록 그저 말없이 각자 할 일을 하며 적막한 시간을 보낼 뿐이었으니, 노스님과 마주하는 일이라곤 밭작물을 돌볼 때나 제가 지은 밥을 맛있게 드셔주시던 하루 두 끼의 공양 때뿐이었고, 그 외의 시간은 노스님은 노스님대로 저는 저대로, 마치 '산 절로 물 절로'처럼 따로따로였습니다.

그러구러 두 달이 훌쩍 넘도록 노스님의 "자연이 다 이웃이다"라는 말씀만을 곱씹으며 지내다가, 더 머물러 봐야 노스님만 불편하게 하겠다 싶어 말없이 눈짓으로 떠나겠다는 인사를 대신 한 후 산에서 내려왔습니다. 그로부터 몇 해가 지나고 지난여름, 문득 중답지 않게 노스님이 그리워져서 '아직 그곳에서, 아직 산속 이웃들과 함께 잘 살고 계실까?' 싶어 땀에 흠뻑 젖은 채 높은 산허리 산막으로 올랐더니, 노스님께서는 이미 세상을 떠나신 후였고, 다만 노스님께서 사용하시던 노스님의 몸뚱이만이, 아니, 노스님 몸의 살점이야 모두 산짐승들의 먹거리가 된 후였고, 삭아가는 노스님의 해골만이 허물어져 가는 산막 안 벽에 기댄 채 앉아계실 뿐이었으며, 산막 안과 밖엔 초록색 건강한 잡초들만이 산바람에 한들거리더군요.

누이 좋고 매부 좋다던가요

수행자들이 텃밭에 쪼그려 앉아 농사짓기를 즐겨 하는 이유는, 꼭 필요하지 않은 생각은 내려놓고 있는 그대로의 대상에 집중하면 그 대상과 하나가 되어 서로의 삶을 알 수 있는 까닭입니다.

저 대자연의 갖가지 대상들을 알고자 함은, 꽃을 찾아드는 벌이나 벌을 기다리는 꽃이나, 밭과 함께하는 갖가지 동식물들, 심지어 밭둑에서 자라는 잡초들과 온갖 곳에서 서식하는 미생물들도 다 저마다 자연의 주체들이기 때문입니다.

그렇습니다. 이 세상의 모든 생명체, 특히 동식물을 우리가 길들이며 조종한다고 생각할 수도 있겠지만, 그들의 처지에서 보면 오히려 그들이 우리를 길들이며 조종하고 있다고 볼 수도 있지요.

어떤 측면에서는 그들이 사람보다 더 진화한 존재라고 볼 수도 있는데, 사람과 식물의 유전자 개수를 비교해 보면 그 차이가 확연히 드러납니다. 사람의 유전자 개수가 고작 23,000여 개인 것에 비해 식물들, 식물 중에서도 특히 벼는 사람들보다 12,000여 개나 더 많은 35,000여 개의 유전자를 가지고 있다고 하니, 그렇다면 과연 사람과 식물 중 누가 더 정교하게 진화한 존재들일까요?

더하여 식물의 기원이 사람은 물론 동물의 기원에 비해 상상할 수조차 없을 정도로 앞선다는 사실에서도, 그런 식물들에 의지하여 갖가지 생명체가 진화해온 사실에서도, 우리는 감히 사람만이 만물의 영장이라고 으스대며 오만한 생각을 해서는 안 된다는 것을 알 수 있습니다.

우리는 다윈 덕분에 사람이 거대한 우주 속의 작은 점들에 불과하며, 그런 생명의 그물망 안에서 대자연의 선택에 따라, 즉 자연선택에 따라 사람으로서 나름의 역할을 하면서 진화해 온 것이며, 세상의 모든 존재 역시 그들 나름의 역할을 하면서 진화해 온 것임을 알 수 있습니다.

그러나 사람들 대부분은 여전히 데카르트식으로, '사람들은 주체성과 의식이 있는 만물의 영장이며, 사람 외의 그 어떤 존재일지라도 주체성과 의식이 없으므로 사람들의 로봇에 불과하다'라는 우물 안 개구리와도 같은 생각에서 벗어나지 못하고 있으니, 이런 현상을 우리는 어떻게 이해해야 할까요?

미국의 한 농장주가 자연을 황폐하게 하는 데카르트적 사고방식에서 벗어나, '자연과 더불어 공존하면서 함께 성장해 가야 한다'라는 다윈의 사고방식을 따르고 있었습니다. 그는 이미 2,600여 년 전 부처님의 가르침과 같은, 더불어 살아가기 위한 공생체계를 활용해 젖소, 돼지, 양, 닭, 칠면조, 토끼 등을 작물들과 함께 기르고 있었습니다. 그가 활용한 공생체계는 크게 세 단계로 나눌 수 있습니다.

젖소를 예로 든다면, 첫째 젖소들에게 해를 끼치지 않을 정도의 미세한 전기가 흐르는 울타리 안에 젖소들이 풀을 먹고 똥을 싸며 살게 하다가, 그 젖소들을 다른 울타리로 옮겨 살게 합니다.

둘째 젖소들이 떠난 울타리 안을 3일 동안 비워두는데, 그 이유는 젖소들이 싼 똥 속에 파리들이 낳은 알들이 구더기로 변하게 하기 위해서입니다. 4일째 되는 날 울타리 안에 닭들을 풀어 놓으면 구더기를 쪼아 먹으려 소똥을 파헤치게 되는데, 닭들 역시 질소 성분이 풍부한 똥을 싸므로, 소똥과 닭똥이 뒤섞여 울타리 안에 골고루 펼쳐져 땅을 비옥하게 만듭니다.

셋째 닭들 역시 다른 울타리로 옮겨가게 하고 울타리 안을 4~5주가량 비워두는데, 그 이유는 울타리 안의 풀들이 소똥과 닭똥을 양분 삼아 잘 자라게 하기 위해서입니다. 그다음 젖소들을 그 울타리 안으로 옮겨주면 잘 자란 풀들을 뜯어 먹으며 건강하게 자라고, 젖소들이 뜯어 먹고 남은 풀들은 가축들의 겨울 식량을 위해 건초를 만들기도 한다더군요.

　자연 친화적인 방법으로 운영해서 농장의 생산성이 더 좋았다고 하니, 이는 사람과 갖가지 동식물이 서로 필요로 하는 것을 주고받으면서 조화롭게 살아갈 수 있도록 한 결과라고 할 수 있습니다.

　위와 같은 방식으로 농장을 운영할 경우, 값싼 울타리 설치를 제외한 그 어떤 기술과 도구도 필요치 않으므로 경제적 비용을 최소화할 수 있습니다. 지구촌 어느 곳에서든 사람과 동식물이 서로 위하면서 자연까지도 위할 수 있으므로, 지구에 다시 생기를 불어넣어 사람에 의해 오염된 지구를 구할 수 있는 또 하나의 좋은 방법이라고도 생각합니다.

진짜여? 가짜여?

하늘, 그리고 유령의 별들….

왜 유령의 별들이냐고요? 그 이유는 우리가 볼 수 있는 별들이란 대부분이 살아있지 않은 이미 죽어 사라진 별들이니까요. 그것뿐일까요? 우리가 보고, 듣고, 맡고, 먹고, 느끼고, 마음이 일어나 생각하는 것들도 몽땅 다 환영, 즉 가짜니까요. 왜냐하면, 보는 순간의 그 시간은 보는 순간 이미 지난 일이 되어버리고, 본 것 역시 과거의 것이 되어버리니 세상사 모든 현상은 진짜가 아니라는 겁니다.

웬 한밤중에 귀신 씻나락 까먹는 소리냐고요? 가령, 퀘이사라는 별의 빛이 우리 눈으로 들어와서 확인할 수 있기까지는 무려 200억 광년이나 걸리는데, 그래서 지금 우리가 확인하는 퀘이사는 신성이라는 폭발과정을 거쳐 이미 200억 광년 전에 없어진 별이니까, 우리가 본다고 해도 헛것을 보고 있는 셈입니다.

200억 광년이 걸린다는 건 1초에 약 30만 킬로미터의 속도로 날아오는 빛이, 퀘이사가 폭발하면서 발산하는 마지막 빛이 200억 년 동안이나 날아와야 우리가 보고 알 수 있다는 뜻인데, 상상조차도 할 수 없는 거리죠. 그러니까 우리가 보는 지금의 별들은 모두가 다 하나 같이 신성이란 마지막 폭발, 즉 별이 죽으면서 마지막으로 뿜어낸 빛이기에, 우리가 보는 그 별들은 대부분이 유령, 즉 이미 죽은 별들의 빛일 뿐이란 말입니다.

사실 우리가 있는 그대로 보았다는 것은 정녕코 순간일 뿐이기에, 봤다고 인식하는 순간 그 시간은 이미 과거요, 이미 지나간 것들일 뿐이기에 우리가 본 것들은 전부 있는 그대로의 사실이 아니란 뜻입니다. 그러니까, 그 어떤 것을 보거나, 듣거나, 맡거나, 맛보거나, 느끼거나, 생각하거나, 말하거나, 행동하는 것 그 모두가 다 사실이 아니란 사실입니다.

우리가 지금 본 것과 관계하며 느끼고, 생각하고, 움직이며, 말을 하는 순간은 물론 그것들을 되돌아보고 후회하며 괴로워하거나, 그리워하면서 우울해하거나, 미워하며 원망하거나, 증오하며 저주하는 등의 그 모든 행위조차도 모두 다 허공을 거머쥐고 몸부림치는 헛짓거리일 뿐이라는 말인데, 물론 지난 과거의 삶을 분석하여 현재의 삶을 더 나은 삶으로 전환하고자 하는 창의적인 생각과 행동들은 제외하고 말이죠. 그래서 우리는 과거에 대한 회한으로 현재를 지옥으로 만들지 말고, 미래에 대한 두려움으로 현재를 지옥으로 만들지도 말 것이며, 오직 현재에 충실해야 한다는 것입니다.

그래서 말인데요. 천릿길도 한 걸음부터라고, 이리저리 계산하고 머리 굴리면 답답하고 복잡해질 테니, 별들의 공동묘지네, 별들의 유령이네, 200억 광년이 어쩌고저쩌고하는 것들도 몽땅 다 팽개쳐버리고, 지금 진짜라고 아는 것들이 실은 모두 가짜라는 것을 명심하여 항상 진짜를 보고자 노력하자는 말입니다. 그래서 지금을 바로 보는 연습을 하다 보면, 본 그대로를 생각하고 알게 되어 우리도 부처님처럼 될 것이니까요.

천천히 차근차근 부처님이 되는 준비를 하되, 이번 생에 안 되면 다음 생으로 넘어가죠, 뭐. 우리가 지금 사는 삶만이 끝이 아니고, 부처님이 될 때까지는 갖가지로 모습을 바꿔가며 세세생생 윤회를 하게 될 테니까, 바뀌는 생마다 더 나아지는 삶으로 차근차근 최선을 다하여 진화하다 보면 언젠가는 툭 터져, 반드시 부처님이 될 테니까요.

스스로 돕는 자야말로

사람은 누구나 전생의 삶을 마친 후, 새로운 삶을 살기 위해 역시 사람인 여성의 자궁 안에 들어가 세포분열을 시작하는 순간부터 먹고 자고 싸면서 몸의 조건을 갖춤으로 사람으로의 삶이 시작된다고 할 수 있습니다.

자궁에서 세상으로 나온 후부터는 좀 더 구체적이면서도 활동적으로 먹고 싸고, 자고 일어나고, 입고 벗고, 움직이면서 세상살이를 하기 위한 모습과 능력을 갖춰 가는데, 사람이 태어나서 늙고 병들어 죽을 때까지는 거의 매일 위와 같은 생활을 되풀이하다가 일생을 끝내고, 죽은 후에는 갖가지 모습으로 바뀌가며 윤회를 되풀이하는 것입니다.

사람들 대부분의 한평생이 위와 같은 과정을 거친다는 많은 연구 결과가 있으나, 미국의 심리학자 매슬로(Abraham Harold Maslow)의 아래와 같은 이론이 부처님의 가르침에 가깝다고 할 수 있습니다.

1. 사람은 생명을 유지할 수 있는 가장 기본적인 식욕과 배설, 수면과 성욕, 의복과 주거를 해결하기 위한 '생리 욕구'를 가지게 되고,

2. 생리 욕구를 이루게 되면, 자신에 대한 위협과 고통으로부터 자신을 보호하고자 하는 '안전 욕구'를 가지게 되며,

3. 안전 욕구를 이루게 되면, 자신의 가족과 친구, 여러 사회집단 등과 관계의 결속을 이루고자 하는 '소속 욕구'를 가지게 되고,

4. 소속 욕구를 이루게 되면, 많은 이들로부터 인정받고자 하는 '인정 욕구'를 가지게 되며,

5. 인정 욕구를 이루게 되면, 자기식의 독창적이고도 특별한 삶을 살고자 하는 '자아실현 욕구'를 가지게 된다고 합니다.

매슬로는 생리, 안전, 소속, 인정 욕구 네 가지를 '결핍 욕구'라고 하여 한 번 충족되면 더 원하지 않는다고 했으나, '자아실현 욕구'만은 끝없이 갈망하는 욕구라고 덧붙였습니다.

그러나 매슬로의 이론과는 달리 그 어떤 욕구든 '여기서 그만'이라고 만족하는 욕구란 없고, 위와 같은 욕구를 이루고 나면 6단계 욕구로 자연적으로 이 세계로부터 초월하기를 원하게 된다는 이론을 덧붙이기도 했는데, 이 또한 의심을 떨치기 어렵습니다.

'자연적으로 이 세계를 초월하고자 하는 욕구를 가지게 된다'라고 하는 '자연적'인 욕구는 없으며, 부처님 같은 스승으로부터의 가르침을

통해서나 오랜 수행 끝에 스스로 자신과 세계를 초월하고자 하는 '인위적'인 욕구가 바탕이 되어야 하기 때문입니다.

어쨌든 위와 같은 매슬로의 이론은 3차원적인 삶 안에서나, 윤회계 속의 순간적인 만족일 뿐이며, 설령 만족한다고 하더라도 그때그때일 뿐이기에, 그 만족의 끝은 하나같이 허망한 갈증만을 안고 절망할 수밖에 없는 것들일 뿐입니다.

그러므로 위 5단계 내지는 6단계까지의 욕구를 인정하고 성불을 위한 바탕으로 삼을 수는 있되, 그 단계나 과정에서 환경과 입장과 상대를 살펴 나에게 꼭 필요한 만큼만 잘 헤아리는 것이 중요합니다. 더 이상의 쓸데없는 생각이나 행동을 하지 않고, 더 이상의 쓸데없는 이들과 만나서 어우러지지도 않고, 더 이상의 것들을 가지려 하거나 가지지 않고, 옳고 적당한 선에서 만족할 수 있는 자신이 되어 영원히 즐겁고 편안하며 자유로운 삶으로의 전환해야 하는 것입니다.

신선놀음에 세월 가는 줄 모르고

모든 생명체가 다 그렇지만 사람의 경우, 첫째 자기 자신의 생존을 확보하고, 둘째 자기 자신의 안전을 확보하며, 셋째 자기 자신을 더욱더 강하게 하며, 넷째 다른 이들로부터 인정과 존경을 받으며, 다섯째 자기의 목적을 이루고자 하는데, 이는 시작부터 끝까지 철저히 자기 우선주의적이며 이기적인 삶의 태도라고 할 수 있습니다.

그렇다면 무엇 때문에 그런 삶을 살까요? 이루고 또 이루며 성장해온 끝이 죽음일 뿐이며, 키운 몸이나 마음 그리고 이루고 가졌던 모든 것들을 몽땅 잃어버리거나 빼앗긴 채, 그 어느 것도 가져가지 못하는데 말입니다.

예컨대 셀 수 없이 많은 생명을 죽여가며 중국을 통일하고 만리장성을 쌓았던 진시황제의 업적이나 자아실현이 무슨 의미가 있으며, 그에 버금가는 이들의 업적과 자아실현이 또 무슨 의미가 있을까요? 누구도 피할 수 없는 늙음과 죽음이 곧 닥쳐오는데, 그 어떤 업적이나 자아실현을 이룬다고 하더라도 그것을 위해 한시도 마음 편하게 쉬거나 잘 수 없는 고통이 함께한다면 무슨 의미가 있느냐는 겁니다.

그래서 부처님께서는 이곳 중생계 안에서는 그 어떤 업적이나 자아실현이어도 그 과정이나 결과는 고통일 뿐이며, 설령 그런 업적이나 자아실현을 적당한 선에서 멈춘다고 하더라도 그것을 지키기 위한 고통이 뒤따르기 때문에 결국 이 세상의 중생놀음일 뿐이라고 하신 것입니다.

그렇다고 사람의 삶이 전연 무의미하다는 것으로 이해하면 그 역시 자기 자신을 더 큰 파멸로 끌고 가는 어리석음의 소치이기에, 사람의 삶이야말로 더 나은 삶으로 향하는 과정이요, 그런 삶을 향할 수 있는 도구가 마음과 몸이라는 것을 알아 소중히 다스려야 할 것입니다.

그러므로 불필요한 탐욕을 부리지 말고, 그렇게 다스린 기력이나 시간 역시 더 나은 삶을 향하는 도구로써 활용하는 것은 물론, 그런 삶을 살 수 있게 해주는 모든 이들에게 감사하는 마음으로 함께 성불의 길로 향해야 하는 것입니다.

그래서 '신선놀음에 세월 가는 줄도 모른다'라는 우리네 조상님들의 격언은 순간순간의 즐거움이나 쾌락 역시도 그 바탕은 고통이기에, 신선놀음의 한계와 가치를 잘 살피고 다스려서 영원한 삶을 준비하라는 뜻이라고 이해하면 좋겠군요.

두뇌 역시 도구일 뿐

마음이란 무엇일까요? 마음은 몸이 만들어 낸 것이라고 할 수 있으나, 거꾸로 마음이 몸을 만들어 낸 것이라고도 할 수 있습니다.

마음과 몸은 둘이며 하나라고 할 수 있고, 하나이면서 둘이라고도 할 수 있으며, 지금의 내가 나라고 하는 '나'는 나라는 마음과 몸이라고 할 수 있으나, 그런 마음과 몸이 진정한 내가 아니고 사는 동안에 사용하는 도구에 불과하다는 걸 알아야 비로소 진정한 '나'를 찾는 첫걸음을 내딛게 되는 것입니다.

사회 각 분야의 사람들, 특히 종교인들과 예술가들 그리고 범죄인들 대다수가 우울증이나 조울증 그리고 과대망상증 등의 정신질환을 앓고 있다고 합니다. 그런 정신질환자들은 세상에서 가장 행복한 듯이 기운이 넘쳐 먹지도 자지도 않으면서 움직이다가도, 순간 한없이 깊은 좌절과 무기력과 자기혐오의 늪에 빠져 허덕이다가 끝내는 깊은 절망

속으로 빠져듭니다.

　정신과 의사들이 정치, 경제, 과학, 문화, 예술 등 각 분야에서 무언가 새로운 것을 만드는 삶을 살았거나, 범죄를 저지른 1,000여 명 안팎의 사람들을 연구한 결과, 그런 사람들이 일반인과 비교해 각종 정신질환을 앓는 비율이 30배나 높았다고 합니다.

　정신질환을 앓는 사람들의 뇌는 뇌 신경 섬유 간의 연결이 매우 강해서 새로운 정보와 감정을 계속 받아들일 수 있으며, 많은 정보와 감정들이 뒤얽혀 앞뒤가 맞지 않는 사실을 연결하여 특별하거나 기이한 것들을 만들어 내기도 하는데, 그런 사람들이 정신질환자나 범죄자가 되지 않고 뛰어난 업적을 남기는 경우는 마음과 몸이 도구인 것을 알아 잘 다스렸기 때문일 것입니다.

　망상증과 우울증과 조울증 등 정신질환의 증상들이 뇌에 어떤 영향을 미치는지 최근에 와서야 밝혀지고 있습니다. 신경 촬영을 이용한 연구에서 연구자들은 피실험자들의 정맥에 기쁘고 희망찬 감정에서부터 우울하고 절망적인 감정까지 모두 확인할 수 있는 '프로카인'이라는 약물을 주사한 후 그들의 뇌를 촬영한 결과, 대뇌변연계와 시상하부가 자극받으면 받아들인 정보를 조합하는 능력과 창조적인 능력이 강해지는 것을 발견했습니다.

　신경학자들이 뇌 기능장애로 끊임없이 울거나 웃는 환자들의 뇌를 연구하는 과정에서 환자들 뇌의 좌우 반구에 차이가 있음을 발견했는데, 울음을 그치지 못하는 환자들은 언어와 논리를 처리하는 뇌의 좌반구가 손상되어 있고, 웃음을 참지 못하는 환자들은 비언어적 정보를 처리하는 뇌의 우반구가 손상되어 있었습니다.

위와 같이 현대 의학자들 역시 우리가 나라고 생각하는 마음과 몸은 '나는 나이되 한평생 또는 순간순간 사용하는 도구' 즉 일상용품이나 소모품과도 같은 것으로서의 나이지 참된 내가 아니라는 것을 확인한 것입니다.

그러므로 삿된 사람들이 탐욕심을 채우기 위해 말하는 '마음과 몸은 신비하다'거나, '마음과 몸은 영원하다'라는 등으로 상대는 물론 자기 자신까지 속이는 말장난에 휘말려 소중하고도 소중한 정력과 시간을 낭비하지는 말아야 할 것이며, 파멸로 향하는 삶을 살지 않기 위해서는 몸과 마음을 끊임없이 관찰하고 잘 다스려 올바르게 사용해야겠습니다.

스스로 귀신을 만들어 놓고

사람은 스스로 귀신을 만들어 놓고 그 귀신에게 쫓겨 다닙니다.

그렇다면 대체 무엇이 귀신이며, 어떤 모습으로 어떻게 나타나며, 어떤 결과를 만들어 낼까요? 그 모든 귀신을 만들어 내는 것은 망상과 번뇌입니다. 왜냐면, 그것은 현재 자기 분수로서는 원하거나 가질 수 없는 것들에 대한 욕심, 즉 탐욕을 채울 수 없음에서 화를 내고, 화를 냄으로 정신이 흐려져 어리석어지니, 탐욕과 화냄과 어리석음이 망상과 번뇌를 일으키는 원인이며, 위 세 가지를 일으키는 원인은 현실과 맞지 않는 생각인 네 가지의 망상입니다.

첫 번째 망상은 자기 자신과 바깥 세계를 바로 알지 못하면서도 안다고 착각하는 '아치(我癡)'이고, 두 번째 망상은 자기 자신이라고 알고 있는 마음과 몸이 참된 자기가 아닌데도 참된 자기라고 착각하는 '아견(我見)'이며, 세 번째 망상은 그런 자기 자신을 알아주고 위해주기를 원하면서 우쭐대는 '아만(我慢)'이고, 네 번째 망상은 그런 자기 자신이 영원히 살 수도 있다는 착각 속에서 자기 자신을 애지중지 아끼는 '아애(我愛)'입니다.

그렇습니다. 그런 망상으로 생긴 번뇌로 인하여 실현 가능성이 없는 생각인 '환각', 있는 그대로의 사실을 보지 못하는 '환시', 있는 그대로의 사실을 듣지 못하는 '환청' 등의 고통을 겪게 되는데, 그 고통은 자기 자신이 만들면서도 나 아닌 바깥환경과 다른 대상으로부터 만들어지는 것으로 착각하여, 자기와 모든 이들은 물론 자연까지도 파멸로 몰고 들어가 지옥고를 겪게 되는 것입니다.

위와 같은 현상을 프랑스의 심리학자 플로랑스 아르노(Florance Arnaud)가 과학적으로 발표했으니, 그것은 한 번도 보지 못한 장면이나 상황을 예전에 본 것처럼 착각하는 '데자뷔(deja vu)' 현상, 항상 봐오던 상황이나 장면을 한 번도 보지 않았던 것이라 착각하는 '자메뷰(jamais vu)' 현상이라고 합니다.

그렇습니다. 우리 뇌는 일상생활 속에서 엄청난 양의 기억을 저장하게 되나, 그 기억을 모두 저장하는 데에는 한계가 있으므로 정보들을 요약하여 저장하는데, 새로운 곳과 사람들과의 관계가 이루어질 때 과거에 저장했던 수많은 기억을 동시에 끌어내어 이중 또는 삼중으로 그 대상에게 적용하면서 빚어지는 착각입니다.

독일의 '게슈탈트 심리학'에서는 위와 같은 데자뷔와 자메뷰 현상을 이용하여 병자를 비정상 또는 정상으로 돌리기도 했습니다. 예를 들어, 멀쩡한 사람에게 거울을 보게 하고 거울에 비친 그에게 스스로 '넌 누구지?' 하고 반복적으로 묻게 하여, 결국은 그 자신이 누구인지조차도 알 수 없는 정신병자로 만들 수도 있으며, 어떤 글자들을 계속 보게 하면서 맞춤법이 맞는지에 대해 의심을 하게 하여, 결국은 글자들이 단순한 선의 조합으로 보여 글자가 아니라고 믿게 할 수 있음을 밝힘으로써, 사람의 뇌가 주위환경과 입장에 의해서 길들여질 수 있음을 확인했던 겁니다.

그들은 그런 결과를 심리치료에 활용해, 자기 자신 외에 또 다른 인격이 자기 자신 속에 함께 한다고 착각하는 다중인격장애가 있는 사람을, 그 사람이 태어난 직후의 보편적인 정신상태로 되돌려놓는 치료법을 개발하기도 했습니다.

그렇다면 우리는 위와 같은 비정상인 정신을 어떻게 정상으로 돌려놓을 것인가라는 의문을 가지게 됩니다. 그러자면 우선 쓸데없는 망상과 번뇌들로 인해 고통을 느낄 때마다, 모든 것들은 자기가 만든 결과라는 것을 명심하고 변명은 물론 자신에 대한 비난이나 자학을 하지 말아야 합니다.

있는 그대로의 자기 자신을 지켜보면서, 자기 자신이 분수에 맞지 않는 탐욕과 성냄과 어리석음에 빠져 있지 않은가, 그와 더불어 자기 자신이 아치, 아견, 아만, 아애의 망상에 빠져 있지 않은가를 냉철히 분석하고 판단하여 개선해 나가야 하는 것입니다. 그러면 고통스러운 번뇌에서 벗어나고 있는 자신을 확인할 수 있을 것이며, 점차 번뇌로 인한 환각과 환시와 환청은 물론이고 의심, 두려움, 공포, 절망, 허무의 고통에서 벗어나게 되고, 자기 자신에 대한 관찰이 습관화되어 맑고 건강한 마음과 몸으로 거듭나게 될 수 있을 것입니다.

왜 화를 내시나요?

사람들은 곧잘 우울해하거나 화를 냅니다.

우울해하거나 화를 내지 않고 웃으면 기분이 좋아지고, 기분이 좋아지면 모든 일과 관계가 다 잘 풀려나가고 맺어지게 되는데, 왜 자꾸만 우울해하거나 화를 낼까요?

사람들은 좋지 않은 과정이나 결과와 맞닥뜨렸을 때, 자기가 잘못으로 인한 결과인데도 조상과 부모 탓을 하며 화를 내고, 형제자매를 향해, 배우자와 자식을 향해, 친구를 향해, 회사의 상사나 동료를 향해, 정부나 정치인을 향해, 심지어 기르는 동식물이나 사용하는 물건에도 화를 내다가, 결국 자기 자신을 향해서 화를 내고 자학하면서 파멸의 길로 들어섭니다.

그렇습니다. 이는 '한강에서 뺨 맞고 종로에 눈 흘긴다'거나, '안되면 조상 탓'이라는 등의 격언에서 확인할 수 있듯이, 모든 화냄의 원인은 자신에게 있는데 그 책임을 외부에서 찾아 주변을 괴롭히고 자기 자신을 괴롭히며 파멸로 들어서는 것입니다.

화내는 자기 자신의 마음을 잘 살펴보면, 화를 내면 낼수록 화를 더 내게 됨으로써 폭력적으로 되며, 더 나아가 광적인 상태에 이르러 파멸의 구렁텅이로 빠져들 뿐이라는 것을 우리는 잘 알고 있습니다.

그런 사실을 알면서도 우리는 화내는 원인을 살펴보거나 대책을 마련하지도 않은 채 '내 마음 나도 몰라'라거나 '어쩔 수 없다'라는 핑계 대기에 급급할 뿐이니, 마땅한 이유도 없이 화가 나서 견딜 수 없는 것은, 자신의 처지와 능력으로서는 이룰 수 없는 것에 대해 탐욕을 부렸기 때문입니다.

그러나 참을 수 없을 정도로 화가 치밀어도 미소를 지으며 화를 참는 경우가 있는데, 이는 화를 내면 손해만 보게 될 것을 알기 때문이며, 그런 마음은 당연히 내면 깊숙한 곳에 저장되어 화의 씨앗으로 자리 잡았다가 틈만 나면 화로 폭발할 준비상태이므로, 그런 숨겨진 화 덩어리는 마음과 몸의 갖가지 병의 뿌리가 되어 이 또한 파멸로 들어서는 것입니다.

그러므로 자신이 처한 있는 그대로의 현실을 살펴 분수 모르는 탐욕을 잘 다스려야 합니다. 다른 이들에 비추어 자기 자신을 우월하게 또는 저열하게 생각해 우쭐하거나 스스로 비하하거나 변명하지 않아야 합니다. 있는 그대로의 자신과 능력과 환경을 잘 살펴 내가 할 수 있는 일과 믿을 수 있는 사람을 찾아 즐겁게 사는 자세야말로 현재의 삶은 물론 영원히 행복하고 편안하며 자유로운 삶을 위한 바탕이 될 것입니다.

사람들이 오래 살아주기를 바랐던, 같은 시대를 살면서 더불어 기쁨을 누리고 싶었던 사람 중의 한 사람이 팝의 황제 마이클 잭슨일 텐데, 그는 사람으로서 갖출 모든 것을 다 갖춘 채 자신과 사람들을 위하면서 행복한 삶을 살다가 마감할 수 있었던 사람이었습니다. 그러나 오직 하나, 자신의 피부가 검다는, 정녕코 결점 아닌 결점을 수치로 여겨 한평생 열등감과 자괴감과 우울함을 다스리지 못해 고통스러워하며, 거듭했던 성형수술 끝에 결국 괴물 같은 참혹한 모습만을 우리의 기억 속에 남기고 생을 마감했던 그 사람의 어리석음이 어찌 그 사람만의 어리석음일까요?

잃어버린 자전거였나 했더니

잃어버린 자전거였을까요?
도둑맞은 자전거였을까요?

그러나 잃어버린 자전거였어도, 도둑맞은 자전거였어도 양쪽 다 자
전거 주인의 잘못이라고 생각하는데, 왜냐하면 그 어느 쪽이든 다 주인
의 어리석음이나 부주의로 잃어버리거나 도둑맞은 것일 테니까요.

그런데 말이죠. 나중에 알고 보니, 잃어버린 자전거가 아니고 도둑
맞은 자전거였는데, 어떤 녀석인지는 몰라도 멀쩡한 자전거를 훔쳐다
가 돈이 될 만한 부속품을 몽땅 빼서 챙긴 후, 자전거 뼈대만 남겨둔 채
줄행랑을 쳤더구먼요.

사람도 도둑맞는 세상이라 배우자가 제 발로 걸어 나가도, 내가 잘
못 위했거나 내가 제 욕심에 차지 않아 떠났건 간에, 더 좋은 상대를 만
나 팔자 고치겠다고 나가는 것이니 도둑맞은 것이 아닌 제 발로 나간

것이라고 할 수 있겠지만, 나간 사람이 다른 상대와 함께 살 것이니 결국 그 사람에게 도둑맞은 것이나 마찬가지니까요.

"간다, 간다고 하다가 자식 셋 낳고 간다"라는 속담은, 한 사람의 배우자를 상대로 헤어짐을 망설이다가, 자식을 셋씩이나 낳고서야 배우자 곁이 아닌 이 세상을 떠난다는 뜻이기도 하고, 배우자를 세 번씩이나 바꿔도 그 사람이 그 사람이었던지라, 어느 날 네 번째 상대를 찾아나서기 위해 거울을 들여다보니 이미 호호백발의 늙은이 신세가 되었더라는 뜻이기도 합니다. 그런가 하면, 배우자를 바꾸는 것까지는 좋다고 하더라도 각각 성이 다른 자식들을 셋이나 낳아 제 신세는 물론 만났던 남자들의 신세는 물론 성이 다른 자식들의 장래까지 망쳐 놓고서야 죽음의 문턱을 넘어간다는 뜻이기도 하니, 간다 간다고 하다가 결국 죽어서야 간다는 뜻이 되기도 하겠습니다.

간다 간다고 하다가 간 사람이 잘살아주면 그나마 다행이지만, 도둑맞은 자전거처럼 부속은 다 뽑히고 자전거의 뼈대만 남는 신세가 되는 경우를 우리는 주변에서 어렵지 않게 목격합니다. 나간 사람이 어찌어찌 못된 상대를 만나서 가지고 나간 돈마저 다 빼앗긴 후, 그것도 부족해서 못된 상대의 뒤치다꺼리까지 하다가, 결국은 버림까지 받고 파멸의 길로 들어설 수도 있다는 게 문제인데, 그 역시 도둑맞은 자전거의 부속은 다 뽑히고 자전거의 뼈대만 남기게 한 자전거 주인처럼 사람을 도둑맞는 것도 도둑맞은 사람의 잘못이라는 겁니다.

왜 이런 말씀을 드리냐고요? 사람이란 완전하지 못한 존재인 까닭에, 사람으로 살다 보면 배우자에 대한 지루함과 실망에 더하여 배신감까지 느낄 수도 있는데, 그러나 그 어떤 인연이든 전생의 빚을 갚거나 빚을 받기 위해 만나는 것입니다. 만나는 사람이 마땅치 않아도 '저 사람은 전생에 내가 빚졌던 것들을 받으려고 나와 만나 망나니짓을 하는 것'이려니 하면서 다듬고 고쳐가면서 사는 것이 좋다는 말씀입니다.

소 잃고 외양간 고친들 무슨 소용이 있겠습니까. 도둑맞지 않으려면 '있을 때 잘하시라'는 뜻인데, "곰보하고도 살다 보면 얽은 구멍 구멍에 깨가 서 말이나 쏟아진다"라는 속담은 환경과 입장이야 어찌 되었든 간에 서로가 상대에게 최선을 다할 때 함께 죽어도 싫지 않은 관계가 이루어진다는 뜻입니다.

사람이란 아무리 달라 보여도 그 사람이 그 사람이니, 보편적인 모습을 갖추지 못한 사람일지라도 제 분수를 알아 그만큼 더 성심성의껏 상대를 위하는가, 그렇지 않은가에 따라 결과가 달라진다는 말입니다.

해도해도 어쩔 수 없는 구제 불능의 사람이라면 그땐 어쩔 수가 없다고 할 수도 있는데, 부처님께서도 구제하시지 못할 '삼불능'이 있다고 하셨으니, 첫째는 '불능면정업중생(不能免定業衆生)'으로 선업을 쌓지 않고 악업만을 쌓으려 하는 중생들은 제도하기 어렵다는 뜻이며, 둘째는 '불능도무연중생(不能度無緣衆生)'으로 스스로 부처님과 인연을 맺고자 귀의하지 않는 중생들은 제도하기 어렵다는 뜻이며, 셋째는

'불능진중생계(不能盡衆生界)'으로 이 우주 법계는 너무도 광활하고 넓으며 헤아릴 수 없이 많은 중생이 있기에 그 모두를 한꺼번에 다 구제하실 수 없다는 뜻입니다.

위의 내용을 요약하면 부처님께 귀의하려 하지 않는 중생들과, 부처님의 가르침에 따라 스스로 노력하지 않는 중생들과, 선한 업은커녕 악한 업만을 즐기는 중생들과, 이 사바세계엔 헤아릴 수 없이 많은 중생이 있기에 그들을 한꺼번에 다 구제할 수 없다는 뜻이니, 삼불능이란 부처님께서 무능하신 탓이 아니라, 부처님의 가르침을 받들고 행하지 않는 중생들의 탓이라고 할 수 있겠군요. 그래서 그랬던가요? '말을 물가로 이끄는 것은 주인의 마음대로지만, 물을 먹고 안 먹고는 말의 마음'이라고요.

아니 도대체, 그러려니 하면서 살랬다가, 또 그렇지 않다면서 살지 말랬다가, 왔다 갔다 하면 어쩌라는 것이냐고요? 그러니까 부처님께서는 항상 삶의 본질을 알아 양극단에 집착하지 말고 중도를 취하라고 하신 것이니, 상대와 나의 환경과 입장과 성품을 잘 관찰하고 판단해 이해하고 배려하며 살아가는 지혜를 갖춰야 한다는 것이죠. 그 어떤 삶이든 그 모두가 정녕코 소중한 각각 제 몫의 삶으로서, 자신의 결정과 실천에 따라 행불행이 결정되는 것이니까요.

여름 나그네

장마가 끝나갈 무렵의 어느 날, 폐암 말기였던 중년의 사내가 호스피스 병원으로, 새까매진 얼굴과 바스러져 가는 백발에 앙상한 나뭇가지처럼 가녀린 몸을 가까스로 가누며 들어섰습니다. 그리 무거워 보이지 않은 빛바랜 가죽가방을 안은 채였습니다.

"원장님, 저는 길어도 6개월 이상을 살지 못한다는 의사의 선고를 받았습니다. 어려서부터 신문팔이나 구두닦이 같은 궂은일들을 하며 살아왔습니다. 쓰레기통을 뒤져 끼니를 잇고 공원 벤치에서 낙엽을 덮고 잠을 잔 적도 있습니다. 그렇게 아등바등 돈을 모으다가 어찌어찌 지금의 아내를 만나 그녀가 세상 전부이고 자식들이 삶의 전부로 알며, 시집 장가까지 보내는 보람으로 살아왔습니다."

"……."

"그런데 처자식은 이제 곧 죽을 저의 고통은 아랑곳하지 않고, 제 재산에만 눈독을 들여 저희끼리 싸움질로 나날을 보내더군요."

"……."

"그래서 저는 변호사를 불러 처자식들에겐 그냥저냥 살 만큼 재산을 물려주고 가난하고 병든 사람들에게 전 재산을 기부하도록 했습니다. 현금 5천만 원을 저 자신을 위해 쓰려고 따로 남겨놨는데, 이 돈만이라도 온전히 저만을 위해 쓰고 죽을 시간이 있을까요?"

그리하여 중년의 사내가 입원한 후, 고온다습했던 장마철이 지나고 하늘은 한없이 푸르고 높아져만 갔습니다. 찬란한 태양이 맑고 생기로운 빛과 열기를 지상에 쏟아부으며 오곡을 영글게 하던 어느 날이었습니다. 그와 함께 방을 쓰던 40대의 췌장암 말기 환자가 작열하듯 내리쬐던 햇빛 사이로 파도처럼 일렁이며 밀려오는 선들바람에 춤을 추던 대자연의 활기를 넋 놓고 바라보다가 독백처럼 읊조렸습니다.

"형씨, 한여름 더위가 이리도 생기롭고 활기차다는 것을 이제야 알았습니다. 견디기 힘든 더위가 실은 새로운 삶을 위해 활력을 주는 생명의 근원이라는 것을요."

"……."

"무엇을 위해 그리도 힘겨웠던 삶을 참고 살아왔는지? 무엇을 하자고 이리도 생기롭고 활기찬 자연을 느끼지 못하고 살아왔는지? 무엇을 목적으로 그렇게 고통스럽기만 했던 삶을 견뎌왔는지…."

그러면서 하염없이 눈물짓던 그는, 헤아릴 수조차 없이 재산이 많던 그는…, 헐벗고 굶주리면서도 일과 돈 모으는 것밖에 모르던 그는…, 아직 한창의 나이였던 그는…, 그런 말을 남긴 지 1개월도 채 넘기지 못하고, 풍요로운 가을의 결실도 보지 못하고, 젊고 꽃다운 아내와 어린 자식들을 남겨둔 채 세상을 떠나고 말았습니다. 그리고 2개월 후, 중년의 사내 역시 들고 온 5천만 원을 단 한 푼도 쓰지 못한 채 세상을 떠나고 말았고요.

그래요. 돈이라는 것은 다른 이들에게 뽐내기 위한 상장이나 트로피처럼 모셔 두기 위한 것이 아니고, 현재를 행복하고 편안하며 자유롭게 살기 위해 버는 것입니다. 몸과 마음을 맑고 건강하게 하는 것도 다 현재를 행복하고 편안하며 자유롭게 살기 위한 것입니다. 물론 돈과 건강이 가족이나 다른 이들을 위해 사용되어야 마땅한 것이기는 하나, 우선 나 자신을 위하는 것으로 시작되어야 가족이나 다른 이들도 위할 수 있는 것입니다. 그런 자세야말로 현재를 맑고 건강하고, 즐겁고 편안하며, 자유롭게 살다가 후회 없이 죽음을 맞이함은 물론 그 죽음을 뛰어넘어 더 나은 내생을 맞이할 수 있기 때문입니다.

처자식을 돈만 밝히는 사람으로 만드는 사람은 누구일까요?

그런 처자식을 원망하며 자신의 악업을 쌓는 사람은 또 누구일까요?

우리는 어떻게 심신을 다스리느냐와, 어떻게 버느냐와, 어떻게 쓰느냐를 그때그때 지혜롭게 결정하면서 현재의 삶에 충실해야 합니다. 그래서 우리는, 아니 나는, 오늘, 지금 이 시각을 어떻게 보내고 있는가를 다시 한번 살펴봐야 할 때라고 생각합니다.

우리는 왜 조금도 다르지 않을까요?

　오직 자신만을 생각하며 세상을 바라보면, 나 혼자만이 외롭고 측은하며, 나 혼자만이 힘겹고 괴로우며, 나 혼자만이 억울하다는 생각이 들 때가 많습니다. 그런 생각은 스스로 자기 마음의 상처를 깊게 하고, 갖가지 괴로움을 만들 뿐이므로, 지금은 비록 고통을 되풀이하며 어둠 속을 방황하더라도, 오직 나만 그렇다는 부정적인 생각에서 벗어나 타인과 세상을 긍정적으로 이해하고 배려해야 함을 잊지 말아야 합니다.

　내가 겪는 갖가지 고통은 정말 나만 겪고 있는 것일까요?

　그렇지 않습니다. 나만 그럴 것이란 생각이 드는 것은 세계가 다 고통을 받더라도 나만은 고통받지 않아야 한다는 이기심에서 비롯되는 것이니, 타인과 세상을 향한 모든 불만과 원망이 결국 나의 이기적인 어리석음에서 시작된 것임을 알게 된다면, 타인과 세상을 위하는 삶과 함께 진정으로 즐겁고 편안하며 자유로운 삶이 시작될 것입니다.

우리는 모두 다 똑같습니다. 왜 같을까요? 우리는 모두 조금도 다르지 않게 이 세상에 태어났고, 조금도 다르지 않은 모습으로, 조금도 다르지 않은 삶을 살다가, 조금도 다르지 않은 죽음을 맞이하니까요.

우리는 모두 하나같이 부모의 배 속에 자리를 잡은 후 몸과 마음을 만들고, 부모의 배 밖으로 나와 몸과 마음의 능력을 키우고, 지식과 상식과 성품을 갖추고, 배우자를 만나 자식들을 낳아 기르고, 권력과 재력과 명예를 얻으려 애쓰지만 결국은 늙고 병들어 죽는 것이 다 같으니까요.

우리의 모습만 살펴봐도, 크기와 무게가 다르거나, 피부 색깔이 다르거나, 남자와 여자로 성별이 다르거나, 늙은이와 젊은이로 세대가 다르다는 것 외엔 몸의 구조와 눈과 귀와 코와 입, 심지어 손가락 발가락의 개수까지 조금도 다르지 않고 똑같으니까요.

세상 어느 곳을 살펴봐도, 추운 나라 더운 나라 할 것 없이 거의 모든 이들이 밤에 자고 낮에 일하며, 하루 세끼의 식사와 배설을 하며, 일이나 놀이를 하며, 대를 잇기 위해 짝을 만나 자식을 낳으며 살다가 늙고 병들어 죽는 것이 같으니까요.

누군가 많은 이들로부터 존경을 받을 때 누구는 미움을 받고, 권력과 재력과 명예 등을 이루고 지키려는 방식과 과정이 저마다 다르며, 크건 작건 경쟁이란 건 결국 일등과 꼴찌가 정해져야만 하는 것이므로 순위가 다르다고 할 순 있지만, 누구나 외롭고 고통스럽지 않을 수가 없으니 그 역시도 결국 같은 것입니다.

　그러므로 모두가 하나같이 근본적으로는 똑같이 힘겨운 삶을 살고 있으니, 자기가 처한 삶이 아무리 외롭고 힘겹고 고통스럽고 억울하다는 생각이 든다고 할지라도 스스로 무너지거나 약해져서는 안 됩니다. 똑같이 외롭고 힘겨우며 고통스러운 사람들을 나의 과오에 의한 피해자나 적으로 만들어서는 안 되며, 모든 사람이나 동식물까지도 외롭고 힘겹고 고통스러운 삶이라는 것을 알아, 가엾은 마음으로 바라보면서 서로 이해하고 배려하고 위하면서 도와야 합니다.

　'백지장도 맞들면 낫다'라고 했잖아요? 같은 아픔을 겪는 이들끼리 서로를 위로하고 돕는 가운데 부처님이 되시고자 하는 마음을 가진다면, 나머지 삶은 물론 더 나은 삶을 위한 성장과 진화를 거쳐 반드시 부처님이 되실 것입니다.

간충의 여로

    간충은 양의 간 속에 사는 단세포에 가까운 기생충으로 숙주인 양의 간 속에서 기생하며 알을 낳지만, 그 알은 양의 간에서 부화할 수 없기에, 간충의 처절한 여정이 시작됩니다.

    간충의 알은 양의 배설물과 함께 몸 밖으로 나와 배설물 속에서 부화하고 애벌레가 된 다음, 그 애벌레들은 간충의 두 번째 숙주인 달팽이에게 먹혀 달팽이 몸속에서 성장합니다. 애벌레들은 달팽이가 내뿜는 *끈끈한* 액체와 함께 달팽이의 몸 밖으로 나오고 달팽이의 *끈끈한* 액체는 간충의 세 번째 숙주인 개미들을 유혹합니다. 개미에게 먹힌 애벌레는 개미들의 갈무리 주머니, 즉 자신을 위해 소화하지 않고 개미굴에 옮겨가 저장하거나 굶주린 동료 개미들에게 먹이기 위한 '사회위'에 자리를 잡습니다.

    애벌레들은 개미의 사회위 벽에 수천 개의 구멍을 뚫고 빠져나와 개미의 몸속 각 부분에 자리 잡는데, 이때 사회위에 뚫었던 구멍을 그냥 두면 숙주인 개미가 죽게 되어 자신들 또한 죽을 수밖에 없으므로, 애벌레들은 질긴 액체를 토해 구멍을 메운 후 개미의 가슴과 배, 다리 속에 자리를 잡고, 오직 한 마리의 애벌레만이 개미의 뇌 속으로 파고 들어가 자리를 잡습니다. 그런 기괴한 과정을 거쳐 성장한 간충들은 종족 번식을 위해서 개미의 몸속에서 벗어나 다시 그들의 첫 번째 숙주인 양의 간 속으로 되돌아가야만 합니다.

이 과정에서 문제가 발생하는데, 양이 초식동물이기에 개미를 먹지 않는다는 것이며, 양들 대부분이 이른 아침에 이슬 젖은 신선한 풀의 새싹 부분을 뜯어먹는데, 그와는 반대로 개미들은 태양이 내리쬐는 늦은 아침에야 굴속에서 나와 땅바닥을 기며 활동을 시작한다는 것입니다. 그때를 대비하여 개미의 뇌 속으로 파고 들어갔던 한 마리의 애벌레가 개미를 조종하는 것입니다. 간충은 자기의 지배를 받게 된 개미를 밤에 몽유병 환자처럼 개미굴을 기어나가게 한 다음, 양이 좋아하는 개자리나 냉이 따위의 풀 꼭대기로 올라가게 하여 이른 아침에 양에게 풀잎과 함께 뜯어 먹히기를 기다립니다.

그러나 아침이 지나도록 양에게 뜯어 먹히지 못할 경우, 개미 뇌 속의 간충은 개미의 뇌를 조종하여 간충의 지배 밖으로 나가게 한 후, 제정신을 차린 개미가 개미굴로 되돌아가 평소의 제 역할을 다하게 하며 하루를 보내게 하다가, 다시 밤이 되면 개미 뇌 속의 간충은 개미를 다시 자신의 지배 안으로 끌어들여 개미굴을 나가게 합니다. 이 과정을 반복하다가 결국은 개미는 양에게 먹히게 됩니다. 양에게 먹힌 개미의 위 속을 빠져나온 간충은 양의 간으로 기어들어 기생하면서 알을 부화한 후 일생을 마감하게 됩니다.

위와 같은 간충의 삶은 많은 생물학자의 문젯거린데, 어떤 능력으로 세 가지 생물체를 자로 잰 듯이 교묘히 이용하며 조직적으로 건너뛰는가, 어떻게 개미를 로봇처럼 제 맘대로 조종하며 생존은 물론 종족 번식까지 할 수 있는가, 특히 개미의 뇌 속에 있던 오직 한 마리의 간충이 개미와 함께 목숨을 버리는 희생까지 서슴지 않을 수 있는가에 대해서 말입니다.

굳이 따져 들어가면 산란을 하고 죽는 간충이나 개미의 뇌 속에서 개미와 함께 죽는 간충이나 시간의 차이는 날지언정 결국 죽기는 마찬가지일 테지만 말이죠. 그러나 어디 이 같은 삶이 간충들뿐이겠습니까? 대자연을 잘 살펴보면 사람의 지식으로는 상상조차 할 수 없는 많은 존재들이 근본적으로 보면 서로 기생하며 삶을 이어나가고 있으니 말입니다.

더더욱 중요한 사실은, 양이나 달팽이, 그리고 개미들만이 눈으로 볼 수조차 없이 작은 기생충들에게 지배당한다고 볼 수 없다는 겁니다. 사람들 역시 80조 개나 되는 세포라는 기생충들의 지배를 받으며 로봇에 불과한 삶을 살고 있으며, 더 나아가 사람 역시도 간충처럼 대자연을 상대로 기생하는 존재라고 한다면 어떻게 이해하실는지요?

그래요. 지구상에 존재하는 각양각색의 생명체들은 물론 사람의 몸 역시 유기체로서, 세포, 전자, 원자, 원자핵, 양성자, 중성자와 쿼크들로 모여 개체를 이루어 살고 있는데, 그런 세포들을 크게 나누면, 살아남기 위한 '생존 세포'와 후손을 낳기 위한 '생식 세포'로 구성되어 있습니다. 그중 생식 세포들은 생존 세포들보다 한 단계 위의 유기체들로서, 간충이 개미를 지배하듯이 정자와 난자가 생식 세포들을 지배하고, 생식 세포들은 생존 세포를 지배하고 있다고 할 수 있습니다.

"이미 떠난 사람인데, 잊어버려야 되는데, 내 마음과 몸이 잊게 하질 않으니 어떻게 해야 할지 모르겠어. 그 사람 생각에 잘 수도 없고 먹을 수도 없으니, 이를 어쩌면 좋아? 차라리 죽어버리면 잊을 수 있을까?"

그렇습니다. 사랑과 이별을 경험해본 사람들이라면 아시겠지만, 그 야말로 콩깍지가 눈에 쓰인 듯 막무가내로 서로에게 집착하며, '운명적이네, 숙명적이네'라고 하면서 파멸로 치달을 뿐인 사랑에 몰입하거나, 또는 마땅한 이유도 없이 상대가 싫어져 배신하면서도 역시 '운명적이네, 숙명적이네'라는 변명과 함께 파멸로 치닫는 이별을 맞이합니다. 이 과정을 몇 번이나 반복하기도 하면서 세찬 물결에 휩쓸려 가는 나뭇잎과 같이 살아갑니다.

위와 같은 현상은 물론 운명이니 숙명이니 할 수 있는 게 아닙니다. 기생충들이 그들의 종족 보존과 진화를 위해 다른 생물의 몸을 숙주로 이용하고자 조종하는 것처럼, 우리 내부의 생식 세포들이나 생존 세포들이 '자신의 생존과 생식의 목적을 이루고자 참된 나를 현혹하거나 마비시켜 저희 멋대로 조종하려는 현상'에 불과합니다.

더 나아가, 또 하나의 개체인 사람으로서의 우리의 삶 역시도 생존과 종족 번식을 위하여 상대를 속이거나 마비시키면서 조종하려는, 다만 기생충적인 삶일 뿐인 가엾은 존재들이라고 한다면 어떻게 받아들이실는지요?

그러므로 자기 자신이면서도 자기 자신이 아닌 마음과 몸을 잘 다스려야 합니다. 몸과 마음을 애물단지가 아닌 진정 고맙게 여길 수 있도록 다스림으로써, 행복하고 편안하며 자유로운 삶을 살다가 끝내는 함께 영원히 행복하고 편안하며 자유로울 수 있는 성불의 경지로 향하자는 것입니다.

인생이 소풍일까요?

'미친 중', '동양의 피카소', '걸레 스님' 등의 별명으로, 21세기 최대의 기인 또는 알코올중독자라고도 불렸던 중광 스님은 선승과 파계승, 예술가와 타락자의 경계를 넘나들며 거침없이 살다 간, 참으로 고독한 사람이었습니다.

우리 시대의 마지막 순수시인, 또는 게으른 알코올중독자로 불렸던 천상병 시인 또한 예술가와 낙오자의 경계를 넘나들며 문단의 마지막 기인으로 불렸던, 역시 참으로 고독한 사람이었습니다.

사람들이 세상을 떠나면서 살아온 과정에서 나름대로 깨달은 경험을 남은 사람들에게 전하는 내용을 담아 유언을 남기곤 하는데, 중광 스님과 천상병 시인이 마지막으로 남긴 유언 역시 그렇다고 할 수 있겠군요.

'괜히 왔다 가네!'

'소풍 한번 잘했네!'

'괜히 왔다 가네!'는 중광 스님의 유언이고 '소풍 한번 잘했네!'는 천상병 시인의 유언이었는데, 그 뜻을 가만히 되새겨 보면 아무리 생각해 보아도 한쪽은 불만이요, 한쪽은 자만인 것을 확인할 수 있습니다.

왜냐하면, 안타깝게도 위의 두 유언이 가지는 공통점은 둘 다 그들을 아끼고 사랑했던 사람들의 고통은 아랑곳하지 않았기 때문입니다. 오직 자기 자신만을 위해 살다 가는 사람의 태도로써 일말의 미안함이나 부끄러움조차 담기지 않은 표현이니, 두 사람 다 평생을 유언과 같은 삶을 살았다고 해도 지나친 표현이 아닐 것입니다.

부처님께서는 29세에 출가수행을 시작하신 후, 34세에 부처님이 되신 다음 80세까지 그 많은 사람을 제도하시면서도 '무여열반(無餘涅槃)', 즉 몸을 버리실 때까지 몸소 하루 한 번 탁발로 끼니를 이으신 것은 물론 드신 그릇까지도 손수 씻으셨습니다. 일일부작(一日不作)이면 일일불식(一日不食)이라, 즉 하루 일하지 않으면 하루를 굶으라 하셨던 당나라의 백장 스님은 물론 뛰어났던 스님들 역시 사람들을 깨우쳐 위하면서도 탁발이나 농사 등 갖가지 노동으로 의식주를 해결하셨습니다.

부처님께서 왜 29세라는 늦은 나이에 출가하셨는가에 대해 의문을 갖는 사람들이 있는데, 여러 이유가 있었겠지만 그중 하나가 부처님께서는 늦둥이 외아들로 태어나셨으므로 출가를 하면 '카필라바스투' 왕국의 대가 끊겨 부왕은 물론 많은 신하와 백성들이 곤경에 처할 수도 있었기 때문입니다. 부처님께서는 아들이자 할아버지인 숫도다나 왕의 대를 이을 왕세손이자 부처님의 아들인 '라훌라'가 태어나자마자, 장차 라훌라가 카필라바스투 왕국의 대를 잇게 한 후 출가를 단행함으로써 가장 중요하다고 할 수 있었던 책임을 다하셨음이니, 하물며 갖가지 다른 일들에 대한 대책에 대해선 말해 무엇하겠습니까?

그러나 중광 스님과 천상병 시인은 태어나 성년이 되고 죽을 때까지도 타인에게 기대어 의식주를 해결하면서도 정작 그들의 삶엔 무심했습니다. 자신의 끼니는 물론 쉬지도 않고 마셨던 술값마저도 다른 이들에게 구걸하면서 말입니다.

특히 중광 스님에게는 보살님 한 분이, 천상병 시인에게는 그의 아내 한 분이 평생을 뒷바라지했는데, 지나친 음주와 무질서한 생활 습관으로 병이 들어 임종할 때까지도 두 여인은 그 뒷바라지를 멈추지 않았습니다. 안타까운 것은 이후 중광의 여인은 폐가를 고쳐 꾸민 법당에, 천상병의 여인은 산동네의 쓰러져 가는 판잣집에 가난한 늙은이가 된 채 홀로 남겨졌다는 사실입니다.

그런 중광 스님이 갖가지 윤리와 법규를 지키지 않으면서 기행을 일삼다가, 60이 넘은 나이에 가슴에 코 푸는 수건을 매달고 천진난만한 '천진불' 흉내를 내며 보시받은 돈으로 술을 마시며 자신을 짓이겼던 일, 천상병 시인 역시 갖가지 기행을 일삼으면서 지인들에게서 푼 돈을 얻어 막걸리를 마시면서 자신을 짓이기다 세상을 떠난 것을 우리 는 어떻게 이해해야 할까요? 그들의 삶을 '욕심이 없고 순수하다'고 받 아들이는 사람들, 또는 기행 뒤에는 범인들로서는 이해할 수 없는 어떤 심오한 속내가 있을 것이라고 여기는 사람들을 우리는 또 어떻게 이해 해야 할까요?

왜 이런 말씀을 드릴까요? 이는 '조상이나 세상 탓하는 사람, 나중 에 보자는 사람, 말을 앞세우는 사람치고 제구실하는 사람 하나도 없 다'라는 격언처럼, 그 어떤 삶이든 자기 자신에 대한 책임과 의무를 다 하는 자세로부터 시작되어야 한다는 걸 강조하고 싶어서, 또한 어떤 경 우에도 한 면만 보고 판단한다든가, 군중심리에 현혹되어 이리저리 쓸 려 다니며 소중한 삶을 헛되이 보내지 말자는 뜻에서 험담 아닌 험담 을 하게 된 겁니다.

굳이 덧붙이자면, '안방에 가면 안방이 옳고, 사랑방에 건너가면 사 랑방이 옳다'고 했듯이, 중광 스님과 천상병 시인의 개인적인 입장을 살피면 나름의 이유에서 비롯되었던 삶이라고 생각하거나, 또는 반면 교사의 역할로써도 제 몫은 다 했다고 생각하면서, 그다음 생부터는 세 세생생 즐겁고 편안하시어 영원히 자유로우시기를 발원해야겠군요.

꽃이 나비를 부르는가? 나비가 꽃을 부르는가?

꽃이 나비의 꿈인가요?
나비가 꽃의 꿈인가요?

아직은 쌀쌀한 날씨가 봄답지 않아 옷깃을 여미게 합니다. 그래도 따뜻함이 나른함이 되어 깜박깜박 졸다 깨게 하는…, 그래서 모든 일상사에서 벗어나 봄볕 아래 몸을 뉘었으면 하는 그야말로 봄이로군요!

그리고 이른 봄밤의 꿈!
더하여 이른 봄 한낮의 꿈!

그래요. 우리는 밤 꿈만 꾸는 것이 아니고 낮 꿈도 꿉니다. 왜냐면, 밤의 생각들이 사실이 아니듯, 낮의 생각도 사실이 아니니까요. 왜 낮의 생각들이 사실이 아닐까요? 우리는 현재 자기 자신이 처한 환경과 처지와 상대를 있는 그대로 보고, 본 대로 생각하는 것이 아니라 과거에 경험한 기억을 현재에 덧붙여 생각하고, 미래에 하고 싶은 일에도 과거에 기억한 경험을 덧붙여 계획하기 때문입니다.

가령, 배우자와 자식 등이 공부나 일을 충실히 하고 있는데도, 과거의 본인이 그랬던 것처럼, 본인이 원하지 않는 잘못된 짓거리나 하고 있는 건 아닌가 하고 의심하며 자기를 괴롭히든가, 또는 배우자와 자식들 등이 건전한 미래를 계획하고 있는데도, 본인이 바르지 않은 계획을 세웠던 때가 있었던 것처럼, 그들 역시 바르지 않은 계획을 세우고 있지 않은가 하고 의심하며 괴로워하는 사람들이 있는데, 그런 사람들이야말로 낮 꿈에 빠져 있다고 할 수 있습니다.

어느 날, 어떤 사람에게 꿈속에서라도 볼까 두려워하던 한 친구가 찾아왔는데, 그는 자기가 알고 있는 사람마다 찾아다니며 얻거나 빼앗기 위해 거짓말을 일삼던 사람이었으므로, '이 녀석이 또 무슨 거짓말로 내 것을 가로채려 할 텐가' 하고 생각하여 그가 말을 걸어올 때마다 못 들은 척 딴전을 피우자, 찾아왔던 친구는 침통한 얼굴로 어깨를 떨군 채 되돌아갔는데, 그 후에 알고 보니, 그 친구는 그때까지 가져다 쓴 돈을 갚고, 과거의 자기가 한 행동에 대한 용서를 빈 다음 바른 삶을 살겠다는 마음으로 찾아왔던 것이었습니다.

그렇습니다. 만약 그때 바르게 살겠다는 마음을 다져 먹고 찾아온 친구를 있는 그대로 반겨 대했다면 빌려주었던 돈을 되돌려 받았음은 물론, 그가 선한 사람이 되어 많은 이들을 위하는 삶을 살게 할 수 있었을 텐데 말입니다.

그러나 그런 친구를 바로 대하지 않고 무시하면서 딴전을 피웠던 결과, 그 친구를 다시 과거의 불량했던 삶으로 되돌아가게 하고 만 것인데, 그런 경우야말로 과거의 기억에 사로잡혀 낮 꿈을 꾼 불행한 결과라고 할 수 있습니다. 좋은 환경과 입장 그리고 좋은 현재와 미래를 놓침으로 물질적 손해를 봤음은 물론, 그 친구가 자기 자신은 물론 또 다른 이들을 힘겹게 하면서 살게 했던 어리석음의 예입니다.

밤이나 낮 꿈에서 헤어나지 못하면 있는 그대로의 환경이나 처지, 나와 상대를 바로 보지 못한 채 꿈속에 헤매다 결국 지옥을 벗어나지 못할 것을 바로 아시어, 밤이든 낮이든 허망한 꿈에 사로잡히지 말아야 할 것입니다.

그래요. 그래서 부처님께서는 '항상 깨어있으라'라고 하셨으니, 우리는 항상 있는 그대로를 보고, 본 그대로를 생각하며, 생각한 그대로 사는 것, 즉 항상 깨어있는 삶을 사는 것이야말로 우리가 항상 즐겁고 편안하며 자유로운 삶의 바탕이 될 수 있음을 가슴에 새겨야 합니다. 우리는 봐야 할 것과 보지 말아야 할 것, 그리고 생각해야 할 것과 생각하지 않아야 할 것, 그리고 가져야 할 것과 가지지 않아야 할 것들을 잘 가려 꿈속의 삶에서 벗어나야겠습니다.

어디 사마귀들뿐일까요?

가을이네요…!

지나간 그해의 가을에도 내가 무엇인가를 알고 싶어서, 삶이 무엇인가를 알고 싶어서, 더 나아가 감히 저 우주 삼라만상이 무엇인가를 알고 싶어서 현실과 비현실을 들락거리며 세상을 방황하던 때였습니다.

그러다가 해 저물 무렵의 어느 가을 들녘에 자리한 채 지친 마음과 몸을 다스리며, 오늘 밤은 또 어느 곳에서 지새울 것인가 궁리하며 잠시 쉬던 중, 당랑 즉 사마귀라는 곤충들이 여기저기서 알을 낳는 모습을 보게 되었습니다. 그 한 해 전 여름에도 역시 어느 들판을 지나다가 사마귀들이 짝짓기하면서 수컷이 암컷에게 먹히던 모습을 보고는, 삶의 참담함 속에서 차마 바로 보지 못하고 자리를 뜨게 했던 녀석들이었는데 말입니다.

그렇습니다. 사마귀는 들판과 산자락의 풀숲에 사는데, 따뜻한 봄에 알에서 깨어나 7월 무렵에는 성충이 되어 약 세 시간 정도 이어지는 짝짓기를 합니다. 그런데 짝짓기를 시작한 지 얼마 지나지 않아 수컷이 암컷에게 뜯어 먹히기 시작하는데 그 와중에도 짝짓기는 이어집니다. 수컷의 몸이 다 먹히고 나서야 마침내 그들의 짝짓기는 끝이 납니다. 홀로 남은 암사마귀는 자신의 생존과 자궁 안에 받아들인 수컷의 정충을 키우기 위해, 숲속과 벌판을 기고 날며 먹잇감을 쫓고 천적들에 쫓기면서, 먹느냐 먹히느냐의 죽음을 무릅쓴 삶을 이어갑니다.

그리하여 해마다 11월에 들어서면 수컷은 찾아보기 어렵고 알을 밴 암컷들만 볼 수 있는데, 살아남기 위해 갖은 고통을 다 겪은 까닭에 암컷은 배만 볼록한 채 상처투성이거나 불구가 된 몸으로 갈대 줄기나 죽은 나뭇가지 등에 알을 낳기 시작합니다.

암컷은 알들이 겨울에 얼어 죽지 않도록, 알을 낳고자 하는 곳의 표면에 거품을 내뿜어 막을 만든 다음 그 위에 산란합니다. 그리고 다시 그 위에 솜이불 역할을 할 수 있도록 거품을 내 뿜고 산란하기를 거듭합니다. 고통스러운 산란이 끝난 후 암사마귀 에너지는 바닥을 드러내고 가까스로 유지하던 몸은 마치 갈색 지푸라기처럼 작고 얇게 변하여, 초겨울의 싸늘한 허공 속으로 날리면서 고통뿐이었던 처참한 일생을 마감합니다. 죽는 순간까지 힘겹게 낳았으나 새끼 사마귀들을 보지도 못한 채 말입니다.

그러나 그런 삶이 어디 사마귀뿐일까요?

봄이면 태어날 새끼 사마귀들 역시 부모가 되어 알을 낳고 죽을 것
이며, 그렇게 태어난 새끼 사마귀들 역시 똑같은 과정을 거치면서 알을
낳고 죽고, 낳고 죽고, 그리고 또 낳고 죽는…, 아무리 되새겨 봐도 삶
전부가 고통일 뿐이며, 그런 가엾고 처참한 삶의 고통은 대대손손 계속
되풀이되는데요.

그러나 그런 삶이 어디 사마귀뿐일까요?

우리 사람들 역시 그런 맹목적인 쾌락과 종족 번식을 위해 평생을
고통스럽게 살다 가듯이, 이 세상을 사는 모든 생명체가 다 겉모습만
다를 뿐 가엾고 처참한 삶의 고통을 다람쥐 쳇바퀴 돌 듯 끝없이 되풀
이하는 건 한 치도 다르지 않습니다.

그렇다면 어떻게 해야 할까요?
어떻게 해야 이 고통뿐인 악순환의 고리에서 벗어날 수 있을까요?

그래요. 고통뿐인 어리석은 삶을 되풀이하지 않기 위해서는, 우리
가 모두 맹목적인 본능들에 끌려다니는 삶이 아닌, 내리사랑이라고 둘

러대는 맹목적인 희생도 아닌, 자기 자신부터 바로 위함을 시작으로, 부모, 배우자, 자식, 이웃들에서 더 나아가 우주의 모든 이들이나 것들까지도 바로 위하면서 윤회의 굴레를 벗어나야 하는데, 그래서 우리는 기도와 수행을 통해 지혜를 갖춤으로써 현세의 삶은 물론 영원히 즐겁고 편안하며 자유로운 삶을 살아야 할 것입니다.

알밤의 삶이나, 밤벌레의 삶이나

밤새 가을비가 다녀간 이른 새벽이면 지천으로 떨어져 있을 알밤들이 반가워, 나도 모르게 입꼬리가 치켜져 올라가는 것을 애써 다스리며 숲으로 올라갔던 때가 있었지요. 가을밤 빗속에 살포시 내려앉은 낙엽 위로 투욱, 툭, 물기 머금은 밤송이들이 떨어지는 소릴 들으면서요.

며칠 전에도 가을밤 빗소리와 함께 밤들이 투욱, 툭 떨어지는 소리를 듣다가, 예전의 기억을 더듬으며 새벽같이 가을 안개 자욱한 뒷산엘 올랐습니다. 밤알들을 골라 주우며 요놈들을 누구에게 가져다줄까 궁리하던 중, 문득 알밤 한 톨 속에서 고물고물 절반쯤 빠져나왔을까 싶은, 살이 올라 남은 몸을 빼내려 안간힘을 쓰고 있는 오동통하니 뽀오얀 벌레를 발견했지요.

"이런…, 고약하기 짝이 없는 날도둑 같으니라고! 이 쬐그만 내 집이 그리도 탐이 나더냐?"

"어허…."

"어허는 뭐가 어허! 이 망종아. 나야 이 길로 죽으면 그만이지만, 아직 다 크지 못한 밤알 속 내 형제들은 어쩔 건데? 삶아 먹을 거여? 쪄 먹을 거여?"

"거, 참!"

"아, 그렇게 배가 고팠냐고? 새벽부터 남의 집을 주우러 다닐 정도로?"

"아, 거, 차암 내."

"주운 밤알들을 샅샅이 살펴봐 이 망종아. 그 안엔 어떤 생명체들이 있는지. 쓸데없이 살생하지 말라고 그랬잖여."

돋보기를 꺼내 쓰고 주워 모은 알밤들을 살펴봤더니, 알밤마다 눈에 보일 듯 말 듯한 구멍이 한 개씩이라, 녀석들이 몸을 다 키운 다음 구멍을 넓혀 밖으로 나올 문이 없는 알밤은 거의 없더란 말씀이지…. 그래서 에고! 잠깐 즐겁자고 녀석들의 집과 식량을 빼앗아 새벽부터 밤벌레 줄초상을 치를 뻔했다는 건데, 주워 챙긴 놈이나 받을 사람들이나 배가 고파서도 아니면서 말이지….

그래서 모옹땅 산에 다시 뿌려주고 나서야, 펄펄 끓는 솥 안에서 알밤 속에 갇힌 채 동그랗게 웅크리고 죽고 말았을 밤벌레들과의 악연은 면하게 됐으니 그나마 다행스러운 일이었지요. 그건 그렇다 치고 저 녀석들이 집과 먹이로 삼는 알밤들은, 지난여름의 더위와 장마 속에서 안간힘을 다하며 익어왔을 알밤들은, 산짐승들에게 몽땅 먹히고야 말 저 가엾은 알밤들의 신세는 또 어찌할까? 싹도 한번 피워보지 못하고 말이지…. 그렇게 어쩌고저쩌고하다가 '뭐 나더러 날도둑에다가 망종이라고? 알밤 속에 들어앉아 속살을 먹어 치우는 네놈들은 또 누군데'라고 투덜거리며 빈손으로 내려올 수밖에 없었단 말씀이지요.

그래요. 어쨌든 작열하는 태양 아래 자지러지는 매미 소리 요란한 한여름의 어느 날, 밤벌레의 어미인 '밤나무 꿀꿀이바구미'는 가늘고 긴 주둥이로 여리디여린 밤송이의 껍질에 눈으로 확인할 수 없을 정도로 작은 구멍을 내고 그 안에 알을 낳는다고 하더군요.

그로부터 열흘 정도가 지나 애벌레로 태어난 녀석은 자라나는 알밤의 속살을 갉아 먹으면서 때를 기다리다가, 익을 대로 익은 밤송이가 떨어져 바닥에 닿는 소리를 듣는 순간부터 식욕이 왕성해져 속살을 다 먹어 치운 다음 갑옷처럼 단단한 알밤의 껍질을 뚫고 나와 서둘러 땅속으로 파고 들어간다더군요.

포근한 땅속에서 짧으면 1년 길게는 3년이 지나고 성충이 된 꿀꿀이바구미는 여름에 땅 위로 나와 찬란한 햇빛 속에서 황홀한 짝짓기를 하고 여린 밤껍질에 구멍을 뚫어 알을 낳은 후 삶을 마감하는데, 그렇게 밤알 바깥에서 보내는 기간이 고작 2~3주라고 하더군요.

그리고 보니 매미들의 삶이나 꿀꿀이바구미들의 삶이나, 밤알이나 도토리의 삶을 가엾게 여기지 않을 수 없지만, 가여운 게 어디 매미와 꿀꿀이바구미, 밤알과 도토리의 삶뿐이겠습니까? 자신이 먹이사슬의 최상층에 자리한 만물의 영장이라고 착각하며 살거나, 또는 신이라고 하는 존재가 있어서 모든 우주 삼라만상을 몽땅 사람을 위해 만들었다고 믿는 어처구니없는 사람들 역시 매미, 꿀꿀이바구미, 알밤, 도토리와 무엇이 다를까요?

아예 먹고 살 일이라도 난 듯이

'작물에 손대면 삼대가 빌어먹을 것임!'

"서리가 그리도 심했던가요?"

"서리라뇨? 서리 정도라면 저렇게 써 붙이지도 않았죠. 제기랄 것들이 아예 먹고 살 일이라도 난 듯이 몽땅 털어가니까 그렇죠."

"……."

"하루하루 자라는 녀석들 보는 재미로 사는데, 거두어 돈이 될만하다 싶으면 어느 사이엔가 구석구석 다 따고 뽑아가 버리니, 이것들이 언제 훔쳐 가는지 알 수가 있어야지. 한두 놈도 아니니 온종일 지킬 수도 없고…."

"저런 글을 써 붙이시니 편하시던가요?"

"뭐라고요? 시방! 불난 데 부채질하는 것도 아니고?"

"아니, 뭐 저 그냥…, 속이 많이도 상하셨겠다 싶어서 허허!"

"텅 빈 밭을 볼 때마다 얼마나 부아가 치밀어 오르는지…. 밤마다 잠도 못 자고, 그 도둑놈들이 제 꿈속에도 숨어 들락거린다니까요."

"……."

"그놈들 생각할 때마다 사는 게 사는 것이 아니라니까요. 집에 있어도 밖에 있어도 불안하고, 밭 옆을 지나는 이마다 다 도둑으로 보이니…."

"이런 글을 써 놓으시면 어떨까요? '임들이야 재미로 따고 뽑아가지만, 인정사정도 없이 이렇게 마구 서리를 해 가시면 저흰 올겨울에 꼼짝없이 굶어 죽고 말 처지니, 제발 살려주소서'라고요."

"……."

"지나가던 이가 그 글을 보면 저절로 웃음이 나올 테고, 순간의 감정을 다스리지 못해 작물에 손을 내밀다가 미안스러운 마음에 저절로 손이 거두어지지 않을까요. 밭 주인인 우리 거사님의 마음도 즐거워지고 좋은 일들이 많이 생길 텐데 말입니다."

"그래요. 그렇다 칩시다. 그런데도 훔쳐 가면요?"

"그래도 훔쳐 가면 산 팔자 물 팔자라 어쩔 수 없는 일이겠죠."

"원 제기랄! 내 팔자가 도둑맞을 팔자란 말씀입니까?"

"어허이, 마음 푸시고…. 의심과 불안 속에서 그렇게 저주까지 하시면 사람들의 마음을 더 악하게 하지요. 그런 악담을 읽은 사람 중 어떤 이가 '뭐라! 삼대가 빌어먹을 거라고? 그래! 네 악담대로라면 어차피

빌어먹을 테니, 내친김에 어디 끝까지 한번 가 보자'라는 오기로 서릴
하다가 행여 거사님과 맞닥뜨리기라도 한다면….”

　“몽땅 물게 하면 좋죠, 뭘. 이제까지 도둑맞은 것들까지.”

　“몽땅 물어내게 하고 끝날까요?”

　“…….”

　“몽땅 물어내게 하고 끝나면 다행이겠지만, 그 과정에서 다툼이 일
어나 서로를 다치게 한다면…, 어느 쪽이든 병원이나 교도소 신세라도
지게 된다면…, 게다가 서리해 가는 이들이 필시 이 근처에 사시는 분
들일 텐데, 이웃에 원수 아닌 원수를 두고 살게 된다면 또 어떻게 될까
요?”

　“…….”

　“또 누가 교도소에 갇힌다고 하더라도 언젠간 나올 텐데요.”

　“어허! 거참….”

　“암튼 제 말씀대로 한번 해보셔요. 하는 순간부터 마음이 편안해지
실 테니까요.”

　“…….”

　“서리도 안 맞으시고 그날부터 잠도 자~알 주무시게 될 겁니다.”

　위의 대화는 작년 가을의 일인데, 며칠 전 그곳을 다시 지나다 보
니, 삼대가 빌어먹을 것이네 어쩌네 하던 방문은 흔적도 없고, 마침 밭

에 계시던 주인이 저를 알아보시곤 함박웃음을 지으시더군요. 그렇게 써 붙인 문구가 통해서 지금까지 서리 한 번 맞은 적 없이 소출을 잘 거두고 계신다면서요. 이제는 밭작물이 남아돌아 처치 곤란할 지경이라 서리해 가던 그 사람들이 그리울 지경이라는 농담도 잊지 않으시더군요. 그러나 그 서리꾼들을 생각하며 붉으락푸르락 달아오르던 때가 또 한편 살맛이 나기도 했던 때가 아닌가 싶기도 하고, 다시 찾아오면 반갑기도 할 테니 나눠 먹었으면 좋겠다고 하시더군요.

품 안의 자식이 아니랍니다

"스님, 제 아이 합격할까요?"

"……."

"스님…?"

"'합격할까요?'가 아니고, '어떻게 하면 합격할까요?'라고 하셔야죠."

"그런데 아이가 도통 공부를 하기 싫어해서…."

"……."

"돈을 얼마나 썼는데요. 학원 일곱 군데에다 가정교사까지…."

"……."

"스님?"

"떨어지는 거죠. 뭘, 그리고 반드시 떨어져야 하고."

"예? 뭐라고요? 스님? 떠, 떨어져야 한다니요?"

"안 떨어지면 죽을 목숨이기에 드리는 말씀입니다."

"주… 죽는다니요?"

"아이가 세상을 떠난다는 뜻이 아니고, 죽지 않아도 죽은 목숨보다 더 고통스러운 삶을 살 것이라는 뜻입니다."

"스님?"

"아이가 시험 치는 것조차도 싫어할 걸요, 아마."

"저, 그게 저…, 그 녀석이 같잖은 기술자나, 농살 짓겠다고 글쎄…."

"같잖은 이라니요? 기술이나 농사가 어때서? 농자천하지대본이라, 사람들의 목숨을 이어가게 하는 가장 근본적인 것이 농사요 기술로부터 나오는 것을, 그리고 기술이나 농살 짓는 이들 중에 종종 기업가도 나오고 대농이 나오기도 하던데…, 확인시켜 드릴까요?"

"……?"

"시험 치기 싫어하면 싫어하는 대로 제가 하고 싶은 일을 하게 하시구려."

"……?"

"아이가 하고 싶은 대로 하면서 살게 하시는 게 아이를 죽은 목숨으로 만들지 않는 길이요, 그래서 생기발랄하게 사는 길을 열어주셔야 아이가 부모를 고맙게 여기는 성품으로 자랄 것이며, 지금은 불효자처럼 보여도 제 나름대로 가정을 꾸리고 사회와 국가를 위하면서 효자로서의 아들을 볼 수 있는 길이란 말씀입니다."

"아니 스님…, 제가 대체 어떻게 기른 자식인데요? 어찌 그런 말

쓸을?"

"어떻게 기른 자식이기는요, 우리 보살님의 욕심을 채우기 위해 키우셨겠지요. 자식이 원하는 삶이 아닌 보살님이 원하는 삶으로 만들기 위해 이날 입때껏 아이를 닦달하며 내몰아 오신 것 아닌가요? 그래서 죽지 못해서 사는 아이로 만드셨으면서…."

"……."

"벼랑 끝으로 몰린 아이들이 자살하는 뉴스 보지 않으셨나요? 그게 다 먼 곳 일이 아니고 남들 일만은 아니란 걸 아셔야 해요."

"……."

"아이를 부모의 로봇으로 만들지 마시란 말씀입니다."

"……."

"아이의 첫째 스승은 부모라, 부모는 자식이 사람으로 살아감에 있어서 최소한의 생존력을 갖출 수 있는 능력과 기본적인 교육의 뒷바라지를 해주어야 함이니, 가장 먼저 만나는 스승인 겁니다. 두 번째 스승은 집 밖의 모든 이들은 물론 대자연 속의 생명체들이라, 그런 대상들을 통해 지식과 상식을 배워 익히며 나름의 개성과 성품을 정립시켜 나가야 하니 그다음 스승인데, 보살님처럼 자신의 가치관만을 고집해 자식의 발목을 묶어 놓은 채, 저 넓은 세상으로 나가지 못하게 한다면, 두 번째 스승을 만난들 아들이 개성과 성품을 정립하지 못할 것이며, 그렇다면 보살님이 사랑하신다는 자식의 앞날은 어찌 될까요?

"……."

"그래요. 보살님이 낳으시고 뒷바라지하심으로 자라온 자식이라고는 하나, 보살님으로서는 상상도 못 할 정도로 세상은 변했으며, 변화하고 있는 세상을 살아가야 할 사람은 보살님이 아니고 보살님의 아들이란 말씀입니다. 보살님이 살아온 시대와는 근본적으로 다른 시스템과 가치관이 지배하고 있는 이 시대에 자기의 능력과 소질을 판단해 인생을 설계하고 그 순서를 밟아나가는 데는, 아들이 보살님보다도 더 지혜로울 수 있다고 생각하기에 드리는 말씀입니다."

"……."

"그러니 아무 소리 하지 마시고, 오늘부터는 자식이 범죄를 저지르거나 보편적인 삶에서 크게 엇나가지 않는다면 자식의 삶은 자식의 결정에 맡겨 놓으시고, 이제야말로 삶에 있어서 가장 중요한 보살님의 삶을 챙기심이 옳지 않을까 싶은데…."

"……?"

"보살님이야말로 이제 곧 황혼이거늘…, 이 땅과 몸을 떠나실 준비는 얼마나 되셨는지…? 아이를 적성에도 안 맞는 학원으로 떠밀어 넣지 못해 발을 동동 굴리며, 자식은 물론 보살님의 삶마저도 헛되이 보내시면서 지옥과도 같은 파멸로 들어가시지 마시라는 겁니다."

"……."

"그래요. 자식의 삶은 물론 보살님의 삶마저도 죽은 자로서 사느냐

아니냐는 보살님이 하시기 나름이니, 부처님의 가르치심을 어떻게 이
해하고 실천해야 모두 다 잘살게 될 것인가를 생각하시고 실천하시라
는 말씀밖에는 더 드릴 말씀이 없군요."

마음은 언제나

"저는 뼈가 으스러지도록 일을 해도 끼니 걱정을 해야 하니, 왜 이런 신세로 살아야 하나요?"

"그대가 다른 이들에게 베풀지 않았기 때문이니라."

"아무것도 가진 게 없는데 뭘 어떻게 베푼단 말입니까?"

"재물이나 음식을 베풂도 베풂이지만, 더 소중한 베풂이 일곱 가지가 있나니, 첫째는 바른 마음으로 대하는 것이요, 둘째는 부드럽고 정다운 얼굴로 대하는 것이요, 셋째는 부드럽고 정다우며 바른말로 대하는 것이요, 넷째는 부드럽고 정다우며 바른 눈짓으로 대하는 것이요, 다섯째는 부드럽고 정다우며 바른 몸짓으로 대하는 것이요, 여섯째는 부드럽고 정다우며 바르게 양보하는 것이요, 일곱째는 상대의 환경과 입장을 잘 헤아려서 고통을 호소해 오기 전에 돕는 것일지니, 위와 같은 베풂으로도 그대는 항상 즐겁고도 편안하며 자유로운 삶을 살게 될 것이니라."

보시는 크게 법시, 재시, 무외시로 나눠집니다. 첫째 법시(法施)는 부처님의 가르치심을 알려주거나 받게 하여 현세의 삶은 물론 영원히 즐겁고 편안하며 자유로운 삶을 살게 하는 것이고, 둘째 재시(財施)는 물질적으로 헐벗고 가난한 이들에게 재물 등을 나눠줌으로써 그들의 고통을 덜어주는 것이며, 셋째 무외시(無畏施)는 두려움과 공포, 좌절, 절망 등 정신적으로 고통받는 이들의 마음을 맑고 건강하게 하여 줌으로써 용기와 희망을 품고 활기찬 삶을 살게 해주는 베풂입니다.

더하여 그런 보시를 할 때, 베푸는 사람은 베푼다는 생각이 없어야 청정해지고 베풂을 받는 사람은 받는다고 생각하지 않아야 청정해지며, 그렇게 하면 베풂과 받음 속을 오고 가는 그 어떤 것이라 할지라도 모두가 청정해지니 이야말로 참된 보시행이며, 이를 '삼륜청정(三輪清淨)'의 보시라고도 합니다.

위의 '베푸는 사람은 베푼다는 생각도 없이'라는 말은 이해가 쉽게 가지만, '받는 사람조차도 받는다는 생각이 없어야 한다'는 말은 쉽게 이해가 되지 않을 수도 있으나, 이는 일단 베풂을 받는 쪽이 그 어떤 것을 받든, 받은 그 자체에 대한 감사하는 마음으로 끝나야지 '왜 주었을까?'라든가 '어떻게 보답해야 할까?'라는 갖가지 생각으로 생각의 꼬리를 물며 망상을 일으키지 말라는 뜻으로 이해해도 좋을 것입니다. '베풂을 받는 사람조차도 베풂을 받는다는 생각이 없어야 한다'라는 말에 대한 더 자세한 설명은 한 차원 너머의 정신적 또는 물질적인 작용을 논해야 하는 요소이기에 더 자세한 설명은 다음 기회로 미루겠습니다.

어찌 되었든, 삼륜청정에 대한 이해와 자세는 세상의 그 어떤 이들이나 것들로부터 베풂을 받지 않고, 나 역시 그들을 향해 베풀지 않으면 잠시도 존재할 수 없는 인연법에 얽혀 살아야 하는 고맙고도 가엾은 신세들이라는 걸 깨닫게 합니다. 삼륜청정의 이해와 실천이란 고통 받는 모든 이들을 위하면서 삶의 근본원리를 깨닫고 생로병사에서 벗어나 부처님이 되는 과정이므로, 부처님께서는 처음도 끝도 삼륜청정을 바탕으로 하는 보시행으로 시작하여 보시행으로 끝나는 삶을 강조하신 것이지요.

비만은 파멸인데도

"머리끝부터 발끝까지 안 아픈 곳이 없지?"

"예, 스님."

"부처님께 예불 올릴 때는 물론, 절할 때는 더더욱 죽을 맛일 것이여?"

"예, 스님."

"그것이 다 '업살' 때문이니라."

"업살 때문이라뇨? 스님?"

"네 뱃속의 그 두꺼운 살들과 지방 덩어리들을 부둥켜안고 있지 말고, 놓아주든가 버리라는 뜻이야. 인석아!"

"⋯⋯."

"몸에 꼭 필요치 않은 것들을 꿰차고 있으니, 오장육부가 힘을 쓰기 어렵고, 몸과 마음이 오염되어 허약해지니, 매사가 피곤하고 우울하며 힘에 겨워 아프기까지 하는 게야. 그러니 먹어도 먹는 것이 아니고, 자도 자는 것이 아니고, 입어도 입는 것이 아니고, 사람들과 만나도 만나는 것이 아니며, 그 무엇을 보아도 본 것이 아니니 움직일 때나 움직이지 않을 때나, 수행할 때나 안 할 때나 항상 지옥과 같은 것이여, 인석아."

"……."

"그러니 적게 먹어야 하는데, 적게 먹으면 많은 생명을 해치거나 죽이는 악업을 쌓지 않아서 좋고, 그리하면 몸과 마음이 가볍고 맑아져 더 많은 선업을 쌓게 되니 좋고, 또 그리하면 성불을 앞당길 수 있어서 좋다, 이 말씀이여, 이눔아."

"아, 네…."

"내 다시 한번 더 이르노니, 음식을 적게 먹어 가볍고 즐거우며 맑고 건강하게 사는 삶은 자신은 물론 자연의 많은 생명을 위하거나 살리는 선업이요, 음식을 많이 먹어 무겁고 우울하며 흐리고 허약하게 사는 삶은 자신은 물론 많은 생명을 해치거나 죽이는 악업이니, 늘 적게 먹고 적게 가지는 선업을 쌓아 그대는 물론 많은 이들이 함께 즐겁고 편안하며 자유롭게 살면서 성불을 앞당기도록 해야 할 것이니라. 알겠느냐?"

"넵! 스님!"

"알겠으면 지금 당장 21일 동안 '표고버섯 단식'으로 들어가되, 단식하는 동안 매일 1,000번의 절을 해 네 몸과 마음 구석구석에 똬리를 틀고 있는 그 업살들을 소멸시키도록 해야 하느니라. 알겠느냐?"

"넵! 스님."

　쌀과 밀은 사람의 가장 기본적이면서도 건강을 유지할 수 있는 곡식인 탓에, 지구촌 어느 곳 누구라도 밥이나 빵을 먹지 않고 하루를 보내는 사람은 거의 없습니다. 그러므로 일만 년이 넘도록 사람들은 쌀과 밀 농사를 바탕으로 사회의 다양한 분야들을 발전시켜 왔습니다.

　그러나 산업혁명 이후, 식량의 생산을 증대시키기 위한 기계와 화학비료의 개발로 상상할 수조차 없었던 갖가지 식품을 생산할 수 있게 되었습니다. 원료의 대량생산과 공급으로 식품을 싸게 사 먹을 수 있게 되자, 1960년을 전후로 세계의 1인당 식량 소비가 25% 이상 늘어남에 따라 세계의 인구도 2배 이상 늘어나게 되었습니다. 그 결과 후진국을 제외한 국가에서는 인류역사상 그 어느 때보다도 많은 식량을 생산하고 소비하게 되었고, '못 먹어서 죽는 사람보다도 잘 먹어서 죽는 사람이 더 많은 시대'가 도래하게 된 것입니다.

　식량이 풍부해지고 가격이 내려가자 건강 유지에 이상이 없음에도 불구하고, 각양각색의 동식물은 물론 온갖 생명체들까지 키우고 죽이고 가공하여 보양식이나 정력제로 먹어 치우고 있는 게 지금의 세상입니다. 그 결과 밥과 빵은 삶을 이어나가게 하는 기본 식량으로서의 가치를 떠나 이상한 혼합식품으로 변질하여 만병의 근원인 비만이 범람

하게 된 겁니다. 기본 식량이 아닌 기호식품을 만들기 위해 유전자까지 조작한 갖가지 식품의 대량생산이 지구촌의 생태계를 파멸로 이끌어 왔고, 또 이끌어 가고 있는 거지요. 그런 생태계의 파멸은, 하나의 카드가 넘어지면 그 카드에 의지하고 있던 다른 카드들이 연이어 넘어지는 도미노 현상에 의해 연쇄 파멸로 치닫고 있습니다.

1996년 세계보건기구는 '전쟁으로 죽는 사람들의 숫자보다 비만으로 죽는 사람들이 더 많으며, 비만을 장기 치료가 필요한 질병의 원인이자 세기말 최악의 전염병'이라고 경고했습니다. 2004년에는 각국의 보건부 대표들이 모여, '비만과의 전쟁'을 선포하기도 했으나, 살을 찌우는 사람들은 꾸준히 늘고 있으며, 한국 역시 안심할 수 없는 상황이 된 지 오래입니다. 비만의 문제는 무엇보다 각종 질병을 일으키는데, 당뇨병과 고혈압은 물론 이상지질혈증으로 인한 심근경색이나 허혈성 뇌졸중 등의 발병 원인이 됩니다. 여성들의 경우 불규칙한 월경 및 유방암 등 임신에 따르는 합병증들과도 관련이 깊다고 하니, 위와 같은 병들은 또 다른 병들을 일으켜 고통과 수명의 단축으로 연결됩니다. 그렇습니다. 부처님께서는 '사람으로 태어나기 어렵고, 부처님의 가르침을 만나기는 더욱 어렵다'라고 하셨으니, 이 얼마나 소중하고도 소중한 삶인가요. 얼마든지 더 가볍고 건강하고 즐거운 삶을 살면서 내세를 기약할 수 있음에도 불구하고, 굳이 느끼지 않아도 좋을 미각과 포만감을 위해 스스로 불행의 길로 들어서는 건 또 얼마나 미련한 삶인가요. 따라서 비만은 악업을 쌓는 일입니다. 게다가 우리를 보듬어 온 푸른빛의 지구까지 파멸로 몰고 갈 수 있는 악업이니, 그래서 악업 중에서도 가장 큰 악업이 '비만업'이라고 할 수도 있겠군요.

노숙자의 행복

중년의 한 가장이 강요에 가까운 명퇴의 낭떠러지로 내몰리다가 가족회의를 열었습니다.

그때 그의 아내는 퉁명스러운 목소리로, '직장엘 나가지 않으면 부부가 같이 있어야 할 시간이 많아지니 서로 다투기만 하면서 날을 지새울 것'이라고 했고, 딸 역시 부르튼 목소리로, '실업자 아빠는 창피해서 안 된다'라고 했으며, 아들은 눈을 동그랗게 뜬 채, '자기의 대학원 등록금을 어떻게 마련할 수 있겠냐'라고 하면서, 하나처럼 입을 모아 가장의 명퇴를 반대했습니다.

가장은 절망했지요. 가족임에도 자신의 처지를 이해하려 그 어떤 노력조차 하지 않는 이기적인 사람들이었기 때문이었습니다. 그러나 가장은 그런 가족들을 설득하기 위해 안간힘을 다했으나, 결국은 그들의 이기심에 밀려 설득을 포기한 채 제가 잠시 머물고 있던 절로 찾아온 것이었습니다.

　"저는 항상 가족들의 생활비와 학비를 벌어들이느라 눈코 뜰 새가 없었지만, 그래도 처자식들을 위해 즐거운 시간을 만들어주지 못해 늘 미안한 마음이었습니다. 그들로부터 존경은 못 받을지언정 작으나마 고마워하는 마음은 가지고 있었을 것이라 믿었는데, 처자식들에게 있어서 저라는 사람은 돈만 벌어다 주는 노예에 불과했었다는 것을 알았습니다."

　"……."

　"저는 처자식들에 대한 의무보다 먼저, 저와 처자식들은 어떤 필연적인 숙명으로 얽힌 관계이려니 여기면서 저 자신을 돌보기는커녕 몇 푼 안 되는 용돈조차 아껴가며 가족을 돌봤습니다. 그렇게 처자식만큼은 제가 겪었던 가난에 지배당하지 않게 하려고 한 생을 다 보냈는데, 그렇게 철저히 이기적인 처자식을 대하고 보니 삭일 수 없는 배신감과 허망함만을 안은 채 갈 곳을 잃은 유령과도 같은 신세가 되어 절망감에서 벗어날 수가 없으니 이를 어쩌면 좋을지…. 나머지 삶을 어떻게 감당하며 살아야 할지 모르겠습니다. 스님."

　"……."

　"스님…?"

　"그래서 어떻게 살고 싶다는 건가요?"

"물론 그렇게 이기적인 성품으로 키워온 것도 다 제 부족함 때문이었겠지만, 이대로 저 막돼먹은 처자식들의 이기심에 끌려다닌다면, 제 고통은 뒤로하고라도 성품이 망가져 앞길 역시 망치겠다는 생각도 들어서요."

"그래서요?"

"언젠가 스님께서, '지금의 제 재산은 제가 벌어들인 돈이긴 하지만, 처자식을 위해 돈을 벌어야겠다는 의욕으로 벌어들인 것이니, 똑같이 나눠야 할 몫'이라고 말씀하셨거든요. 그래서 제 재산을 골고루 나눈 다음, 각자의 삶을 사는 것도 좋을 듯싶어서요."

"……."

"스님?"

"원하는 대로 하시게. 남편이나 아버지에 대한 고마움은커녕, 앞으로도 남편이나 아버지를 악용하여 자신의 이익만 챙길 처자식들이라면, 이번 기회에 처자식들의 이기심을 고쳐주지 않는다면, 그대가 염려한 대로 사회에 나가서도 이기심을 앞세우다가 신세를 망칠 수도 있을 테니, 일찌감치 철이 들 기회를 주는 것으로 생각해도 좋겠고."

"……."

"그러니 모두 다 떨쳐버리고 어디 한 번 훨훨 날아봐요, 저 넓고 높은 세상을…. 그래야 그대나 처자식들이나 나중에 후회하지 않을 삶을 살 수 있을 것이고, 세상과 나의 참모습을 알아 더 나은 다음 생을 희망할 수도 있을 테니."

"……."

"내친 처자식들이 다행히 철이 들면 좋겠지만, 그러나 '철이 들면 좋겠다는 생각조차도 하지 말고' 오직 그대 자신 속에 안주하고, 그대 자신으로부터 출발하여 그대 자신의 삶을 한 번 살아보시란 말씀이지요."

"……."

그 후 그는 그 길로 회사의 명퇴 권고를 수락한 뒤, 받은 퇴직금과 포상금 그리고 전 재산을 정리한 후 네 사람 몫으로 똑같이 나눈 다음, 흔적조차도 찾을 수 없는 어딘가로 모습을 감추었다고 하더군요.

세월이 흘러 몇 년이 지난 어느 날, 문득 그 사내의 기억이 떠올라 수소문 끝에 서울역 부근에서 초라한 노숙자의 신세로 전락한 그를 만날 수 있었는데, 헐겁고 낡아빠진 겉치레와는 달리 피부와 눈동자는 생기로 반짝이는 활기찬 모습이었으니, 그야말로 그리스 철학자 디오게네스, 즉 들개처럼 자유롭게 살았되 많은 이들의 지혜로운 스승으로 존경받았던 디오게네스와 닮은 모습의 삶이었습니다.

그는 갖가지 이유로 길거리에 팽개쳐지거나, 스스로 현실적인 삶으로부터 빠져나온 한 많고 상처뿐인 사람들을 돌봐주면서 존경과 사랑을 한 몸에 받고 있었으며, 노숙자들은 그를 '큰 형님'이라고 부르며 의지하고 있었습니다.

그래서 어찌어찌 저는 그들과 함께 머물며 한 달여를 함께 보냈는데, 하마터면 그들이 누리는 또 다른 즐겁고 편안한 자유로움에 빠져들어 그들과 함께 살아갈 뻔했으나, 무슨 이유였는지는 잊었지만 오늘처럼 가을비가 쏟아지는 밤에 그들과 헤어졌으니…. 그들 또한 내 깨달음의 폭을 넓혀준 스승이었다는 것에 감사하며 지금도 항상 그들의 성불을 발원하고 있습니다.

같은 짝퉁끼리 뭘 어쩌겠다고

그 어떤 삶이라 할지라도 복제와 모방 내지는 표절 아닌 것들이 있을까요?

저 끝을 알 수 없는 우주와 은하계, 태양계와 지구, 그리고 탁구공이나 구슬까지, 그리고 사람이나 동식물, 미생물, 세포, 원자, 양성자나 중성자 그리고 양성자와 중성자를 이루고 있을 것이라는 쿼크와 렙톤까지도 서로의 복제와 모방을 거치지 않은 것이 없습니다.

사람을 비롯한 동식물의 유전자만 해도, 한 세대에서 다음 세대로 그 개체의 모든 생물학적 구조나 생리를 이어받으니 복제나 모방, 표절이 아니라고 할 수 없습니다. 사람 역시 싫든 좋든 그들 부모의 신체적 특징은 물론 생각과 행동까지도 그야말로 국화빵 찍어내듯이 닮은 꼴로 태어나 닮은 꼴로 살며, 부부 역시 각각 다른 환경과 입장과 성품으로 만나도 살아가면서 서로 닮아가는 사실을 볼 때, 그 역시 복제와 모방과 표절이 아니라고 할 수 없습니다.

피카소 아시죠? 파블로 피카소. 그 피카소가 어느 날 말을 정원 나무 기둥에 묶은 후, 그 말꼬리에 색색의 그림물감을 바른 다음, 말의 엉덩이에 파리가 좋아하는 썩은 돼지고기의 액체를 발라놓았습니다.

그러자 파리 떼들이 그 음식물을 빨아먹기 위해 말의 엉덩이에 들러붙고 말은 파리를 쫓기 위해 꼬리를 휘둘렀겠지요. 그렇게 휘두르는 말꼬리에 피카소가 준비해 두었던 화판을 갖다 대었다 떼었다 하니, 색색의 그림물감을 발랐던 말의 꼬리에 의해 각양각색의 그림 아닌 그림, 상상할 수조차 없었던 특이한 그림이 그려졌다고 합니다.

그렇게 그려진 여러 장의 그림을 대형화랑에 전시하니, 내로라하던 미술평론가들과 미술애호가들이 그야말로 파리 떼처럼 몰려들어 입에 침이 마르도록 그림의 의미와 가치를 제멋대로 지어 갖다 붙이며 찬탄했다는 겁니다.

그런 그들을 짓궂은 미소와 함께 바라보던 피카소는, 바로 그 이튿날 그 그림들은 자신이 그린 게 아니라, 장난삼아 말꼬리에 물감을 바른 후 말이 파리를 쫓기 위해 꼬리를 휘저을 때 화판을 들이대어 그려지게 했다는 사실을 언론에 밝혔습니다. 미술평론가들은 물론 미술애호가들의 말장난과 허황한 과시욕, 그리고 그 틈새에 빌붙어 이익을 챙기는 화상들의 위선을 폭로했던 것이었습니다.

그 후 노년의 피카소는 자신을 일컬어, "세상에 둘도 없는 모방꾼이자 사기꾼은 바로 나 피카소이며, 그러나 그런 자신을 부끄러워하지 않는 이유는 모방은 창조의 어머니이기 때문"이라고 했다던가요? "그 어떤 위대한 창조도 모방 없이는 이루어질 수 없다"라고 했다던가요?

왜 이런 말씀을 드리는가 하면, 요즈음 우리 사회에 표절 문제로 서로를 헐뜯어 그사이에 끼인 한 사람의 예술가를 파멸로 몰아넣는 모습을 심심찮게 볼 수 있기 때문입니다. 물론 자신의 이득을 위해 다른 사람이 쓴 논문이나 작품을 의도적으로 악용했다면 비판받아 마땅하고, 경우에 따라선 법적 책임을 질 수도 있겠습니다만, 더 중요한 사실은 표절이라거나 표절이 아니라고 따지기 전에, 윤리적이나 법적 문제를 떠나 근본적인 차원으로 들어가 생각해 볼 필요가 있다는 겁니다. 삼라만상의 모든 생명체가 겉으로는 다른 것처럼 보여도 그 본질은 결국 하나인 것이 우주와 삶이라고 할 수 있는데, 무엇이 어떻다고 내 것, 네 것을 따질 수 있겠냐는 말씀이죠. 논문이나 작품의 고유성은 인정되어야겠지만 자신 또한 이전의 수많은 어떤 것들의 영향 아래 만들어진 것임을 잊지 말고 겸손한 태도를 지녀야 합니다. 그 어떤 위대한 창조도 모방 없이는 이루어질 수 없고, 그 어떤 경우에도 완전히 옳고 그름이란 있을 수 없다는 말씀입니다.

2부

있는 그대로를 본다는 것

사람의 아비가 아닌

"라홀라여, 그대는 그대의 아버지였으나, 지금은 전 인도의 스승이신 부처님을 찾아뵈어 아들인 너에게 부처님의 모든 것을 다 물려 주시라고 청하여라."

부처님이 되신 아들에게 왕위를 물려드릴 수 없음을 안 '숫도다나' 왕은 둘째 아들이자 부처님의 이복동생이었던 '난다' 왕자에게 왕위를 물려주려 했으나, 난다 왕자 역시 왕위 계승을 거부하며 부처님의 제자로 출가하였으므로 크게 상처를 받았습니다. 윗글은 마음을 가다듬은 숫도다나 왕이 부처님의 아들이었던 왕세손 '라홀라'에게 왕위를 물려주려 하자, 부처님의 아내였던 '아쇼다라' 왕자비가 그의 아들이었던 라홀라에게 한 말입니다.

무엇이었을까요? 모든 것을 다 물려달라고 하라던 '그 모든 것'이란?

그 모든 것에 대해 경전엔 자세히 기록되어 있지 않아 확실친 않습니다만, 이렇게 생각해 보면 어떨까요? 그때의 아쇼다라는 부처님께서 라홀라마저도 출가시키실 것을 이미 예상했거나, 아니면 아쇼다라 역시 아들이 왕권 유지와 백성을 위해 고통을 겪으며 삶을 헛되이 보내기보다는 출가하여 부처님의 가르침을 통해 영원한 삶을 살기를 바라는, 지극히 이성적인 모정(母情)으로 자식의 앞날을 열어주고자 했음이었다고요.

어쨌든, 그리하여 부처님을 찾아뵌 라홀라는 부처님께 부처님의 모든 것들을 물려 달라고 간청했는데, 부처님께서는 대답 대신 어린 라홀라의 손을 잡으신 채 니그로다 숲의 정사로 가신 다음, 수행자 사리푸트라에게 명하여 라홀라의 머리를 깎인 후 출가하게 하셨으니, 그때의 라홀라는 12세도 안 된 나이로 20세 전에 출가한 불교 교단 최초의 사미인 예비수행승이 되었습니다.

그러나 그때까지도 어렸던 라홀라는 교단의 환경에 적응하지 못하고, 부처님을 스승으로서의 부처님이 아닌 아버지로 여기며 응석을 부렸습니다. 부처님께서 응석을 받아들이지 않자 장난과 심술로 수행승들을 괴롭히고 있었는데, 그런 사실을 알고 계시던 부처님께서 어느 날 저녁, 질그릇에 물을 채우신 다음 라홀라를 불러 질그릇 곁에 앉혔습니다. 그러시고는 손수 라홀라의 발을 씻기신 후 더러워진 물을 가리키며 말씀하셨습니다.

"라홀라여, 그대는 그대의 발을 씻은 이 물이 더럽다고 생각하는가?
깨끗하다고 생각하는가?"

"?"

"라홀라여, 이 물이 더러운가, 깨끗한가를 물었느니라."

"더럽습니다."

"그렇다면 이 물을 마실 수 있는가? 마실 수 없는가?"

"마실 수 없사옵니다."

"그렇다. 지금 그대의 마음은 그대가 마실 수 없다고 한 이 물보다
도 더 더러우니라."

"!"

"그리고 라홀라여, 그대는 더럽혀진 물이 담겨있던 이 질그릇에 음
식을 담아 먹을 수 있는가? 없는가?"

"담아 먹을 수 없사옵니다."

"그렇다. 그 어떤 음식도 담아 먹을 수 없이 더럽혀진 이 질그릇보
다 더 더럽혀진 마음이 그대의 마음이니라."

그렇게 말씀을 끝내신 부처님께선 그 질그릇을 걷어차셨고, 걷어
채인 질그릇은 떼굴떼굴 굴러 벽에 부딪혀 깨졌습니다.

"그대는 발에 차여 깨어진 저 질그릇을 사용할 수 있는가? 없는가?"

"부처님이시여."

"그대야말로 저 사용할 수 없는 질그릇과도 같은 사람이라는 것을 아는가? 모르는가?"

"부처님이시여."

"그대가 그대의 욕심과 분노와 어리석은 행동을 다스리지 못하는 것은 큰 죄악을 저지르는 것이며, 더욱이 수행승들을 괴롭히는 것은 더 큰 죄악을 저지르는 것인데, 내 어찌 그대를 발 씻어 오염된 물과 깨어져 쓸모없어진 저 질그릇에 비유하지 않을 수 있으리오."

"아버님이시여."

"라훌라여, 그대는 어찌 나를 아비라 부르는가?"

"아버님이시여."

"나는 지금 그대의 아비가 아닌 부처로서 그대를 위하고 있음을 알아야 하나니, 지금, 이 순간부터는 아비와 자식이었던 과거에서 벗어나 오직 부처의 제자로서 자기 자신을 위해야 할 것이니라."

"!"

"그러니 이제부터는 오직 그대가 들이쉬고 내쉬는 숨을 따라 움직이는 마음과 몸의 안팎을 관찰하면서, 그런 몸 안팎의 그 어떤 이들이나 것들일지라도 사랑[慈]으로 대하라. 그리하면 나쁜 마음이 사라질 것이니라."

"!"

"그와 함께 몸 안팎의 그 어떤 이들이나 것들의 그 어떤 슬픔(悲)일지라도 같이 슬퍼하라. 그리하면 잔인한 마음이 사라질 것이니라."

"!"

"그와 함께 몸 안팎의 그 어떤 이들이나 것들의 그 어떤 기쁨(喜)일지라도 같이 기뻐하라. 그리하면 혐오하는 마음이 사라질 것이니라."

"!"

"그와 함께 몸 안팎의 그 어떤 이들이나 것들의 그 어떤 평온함(捨)일 지라도 함께 평온해 하라. 그리하면 불안해하는 마음이 사라질 것이니라."

"!"

"그러나 숨을 내어 쉼과 들이쉼은 물론 사랑함도 미워함도, 기뻐함도 슬퍼함도, 좋아함도 혐오함도, 평온함도 불안함도 그 모든 것이 다 덧없다는 것을 알아야 하나니, 그리하면 탐욕과 분노와 어리석음에서 벗어나 영원히 행복하고 편안하며 자유로운 삶으로 향할 수 있게 될 것이니라."

"!"

"알겠는가? 라훌라여."

"명심하겠사옵니다. 아버님, 아, 아니 부, 부처님이시여."

부처님은 자비(慈悲) 그 자체이셨지만, 가족과 일가친척들에 대한 교화는 그 어떤 사람에게도 '사적 관계'를 적용하지 않으셨던 가혹한 것이었으며, 그리하여 라훌라는 아버지였던 부처님이 자신을 아버지 없이 자라게 했던 과거에 대한 원망과 서러움과 그리움 등의 갖가지 감정에서 벗어나, 올바른 수행자의 자세로서 깨달음을 더해 갔습니다.

멍청한 거미의 왕생극락

　저물녘, 검은 먹구름이 하늘을 뒤덮고 천둥과 번개가 산천을 울리며 번쩍일 때, 깊은 산골의 오솔길을 걷던 산적이 있었습니다.

　그는 삿된 욕심을 채우기 위해 수없이 많은 사람을 죽이고 그들이 가졌던 것들을 빼앗은 흉악한 산적이었는데, 어찌어찌 산길 위를 기어가던 산 거미를 밟아 죽일 뻔하다가 발을 비켜 디딘 후, 다른 사람들에게 밟혀 죽을 수도 있겠다 싶어 허리를 굽혀 거미를 집어 올리며 투덜거렸습니다.

　"멍청한 놈! 하마터면 밟아 죽일 뻔했잖아, 얌전히 숲속에 있지 않고, 왜 길바닥을 기고 있니? 이제 곧 태풍도 몰려올 텐데!"

　산적은 거미를 숲속 나뭇가지 위에 살그머니 앉혀 준 다음 손바닥을 탁탁 털면서, 거미를 구해준 자신과 무사히 살아갈 거미가 대견한

듯 빙그레 미소 짓다가, 갑자기 쏟아지기 시작하는 비를 피해 서둘러 그곳을 떠났습니다.

세월이 흘러 산적도 죽고 거미도 죽었는데, 산적은 지옥으로 떨어지고 거미는 극락왕생했습니다. 극락을 노닐며 행복하게 살던 전생의 거미였던 자가 자기를 살려주었던 그 고마운 산적은 어떻게 살고 있을까 궁금하여 온갖 곳을 수소문했으나 찾을 수 없었습니다. 그러던 끝에, 끝도 없는 무간지옥의 불바다 속에 빠져 정녕코 견딜 수 없을 고통을 겪고 있는 그를 발견할 수 있었습니다.

"왜일까? 살기 위해서 다른 생명을 해친 것은 거미였던 자신이나 산적이었던 그나 마찬가지일 텐데, 왜 그는 지옥에 떨어져 고통을 겪고 있고, 나는 극락에 올라 행복한 삶을 살고 있는 것일까? 더구나 그는 나를 살려 주었던 착한 사람이 아닌가?"

그러나 아무리 생각해 봐도 그 이유를 알 수 없었던 그는, 우선 전생에 산적이었던 자를 지옥에서 끌어올려야겠다는 생각으로, 부처님을 찾아뵙고 자세히 말씀을 올린 후 그를 지옥에서 구해주시길 간청했습니다.

그러나 부처님께서는 담담히 웃고만 계셨을 뿐이었으므로, 그는 다시 "산적이었던 자를 대신해 저를 지옥으로 내려보내 주시옵고, 산적이었던 그를 극락으로 끌어 올리시어 제 목숨을 구해주었던 그에게 은혜를 갚게 해주시옵소서"라고 거듭 간청했지만, 그래도 부처님께서는 담담히 웃고만 계셨을 뿐이었으므로, 크게 실망한 전생에 거미였던 자는 부처님 곁을 떠나 지옥의 고통을 겪고 있던 전생에 산적이었던 자를 내려다보며 하염없이 눈물을 흘렸습니다.

그렇게 전생에 산적이었던 자의 고통을 괴로워하며 지옥만 내려다보고 있던 그 어느 날, 부처님께서 다가와, "정녕 네 뜻이 그러하다면 네가 전생에 익혔던 거미줄 같은 줄을 만들어 그를 구제해도 좋으리라"라고 하셨으므로, 전생의 거미였던 자는 뛸 듯이 기뻐하며 금빛 찬란한 질긴 줄을 만들어 지옥으로 내려보냈습니다.

그때까지 무간지옥의 불바다 속에서 지옥 중생들과 함께 몸부림치던 전생에 산적이었던 자는, 문득 자기 위로 내려오는 금빛 찬란한 밧줄을 보고 황급히 밧줄을 잡고 오르기 시작했습니다. 정신없이 위로 오르다 문득 아래를 내려다보니, 수많은 지옥 중생들 역시 밧줄을 잡고 따라 올라오고 있었습니다. 그는 밧줄이 끊어질까 염려되어 바로 밑에서 따라 오르던 지옥 중생을 발로 걷어차기 시작했습니다.

그렇게 그의 발에 차인 두 번째 지옥 중생 역시 그의 밑을 뒤따라 오르던 지옥 중생을 걷어차기 시작했고, 그렇게 걷어차인 세 번째 지옥 중생 역시 뒤따라 오르던 네 번째 지옥 중생을 걷어찼으며, 그런 걷어차고 걷어차임이 다섯 번째, 열 번째, 백 번째 중생으로 끝없이 이어졌으므로, 그들을 구하기 위해 전생의 거미가 내려준 금빛 찬란한 거미줄은 악귀와도 같은 중생들에 의해 허공 속의 지옥이 되고 말았습니다.

그때 이를 지켜보던 전생에 거미였던 자가 놀라면서 크게 소리 지르기를,

"괜찮아요. 그 줄은 지옥의 모든 중생이 다 매달려도 끊어지지 않으니 그냥 올라오기만 해요. 차례차례 올라오라고요. 밑을 보지 말고 발길질도 하지 말고요. 그냥 올라오기만 하라니까요! 제발. 제~~발."

그러나 자기만 살겠다는 욕심에 발길로 걷어차고 차이며 떨어뜨리기에만 급급했던 지옥 중생들은, 애타게 울부짖는 전생에 거미였던 자의 애원을 듣지 못한 채 죽을힘을 다해 차고 또 차기에만 급급했습니다. 그런 어느 순간, 제일 위에 매달려 있던 전생의 산적이었던 자의 손바로 위에서 밧줄이 끊어져, 그는 물론 뒤따라 오르던 지옥 중생들 모두 또다시 무간지옥으로 떨어지고야 말았던 것입니다.

그래요. 전생에 거미였던 자의 애원대로 했다면, 산적이었던 자는 물론 지옥의 많은 중생이 지옥을 벗어나 극락으로 올라갈 수도 있었을 텐데 말입니다. 그저 저만 살겠다는 이기적인 포악의 결과로 모두 다시 무간지옥으로 떨어지고 말았으니, 전생의 거미였던 자는 또다시 무간

지옥의 고통 속에서 몸부림치는 그들을 내려다보면서, 그들의 어리석음을 가엾어하고, 원망하며 하염없는 눈물을 흘릴 수밖에 없었습니다.

그때 홀연히 나타나신 부처님께서 역시 담담한 미소를 지으시며 그를 지긋이 내려다보고 계셨는데, 그런 부처님을 올려다본 순간 확연한 깨달음을 얻은 전생에 거미였던 자는, 지옥 중생들에 대한 모든 생각을 지워버린 후 자신의 수행에만 전념할 수 있었으므로, 결국은 부처님이 되신 다음 많은 중생구제를 하셨다는 우화 아닌 우화입니다.

전생에 거미였던 자가 한 혼잣말인, '왜일까? 자기의 삶을 위해서 다른 이들의 생명을 죽인 것은 거미였던 나나 산적이었던 그나 마찬가진데, 왜 그는 지옥에 떨어지고 나는 극락에 오른 것일까? 더구나 그는 나를 밟아 죽이지 않고 살려 주었던 착한 사람이었는데…'라던 의문에 대한 답은, 전생의 거미는 오직 살기 위해서 어쩔 수 없이 다른 생명을 해친 것에 머물렀지만, 산적은 생존에 만족하지 않고 더 먹으려거나, 더 가지려거나, 더 즐기기 위해 제 이기심과 욕망에 따라 사람들을 해쳤던 것이니 마찬가지인 건 아니었습니다. 그 행위는 본질적으로 다른 것이며 결과는 크게 다른 것이라 할 수 있습니다만, 더 확실한 답은 우리 모두가 스스로 이해하고 깨달아야 하는 진리이기에, 그 뜻을 더 깊이 새기고 깨달음을 이루시길 간곡히 발원합니다.

원숭이도 깨닫는데

"스님, 살려주십시오."

"지금 살아 있잖아? 잘살고 있으면서 뭘 또 살려달라는 게야?"

"의사들은 우울증 때문이라고 하거든요. 삶에 대한 의욕이라곤 전연 없고, 특히 환한 대낮에 더욱 심한데, 이러다간 자살이라도 할 것 같아서요."

"낮엔 거의 혼자 지내시겠구면."

"네."

"밤에도 거의 혼자 지내시겠고."

"네."

"그러니까 밤낮 할 것 없이 하는 일이 없다 이거지. 서른은 훨씬 넘은 듯싶은데."

"네."

"대답은 잘도 한다만, 삶에 대한 의욕이 없다는 것은 일하지 않아서 그런 것이고, 만나는 사람이 없다는 것 역시 일이 없으니까 그런 것이니, 무슨 일이든 일을 만들어야지. 그러면 자연스레 사람들도 만나게 될 테니, 살맛이 날 거야. 아마."

위의 스님 말씀이 옳긴 하지만 또 한편으론 틀린 면도 있으니, 그런 자세는 우울증을 치료하기 위한 임시방편에 불과할 뿐이기 때문입니다. 왜냐면 우울증 등의 정신질환이 심해지면 의사는 물론 그 외의 그 어떤 방법으로도 정상으로 되돌리기 어렵고, 다만 수술이나 약물치료 또는 상담으로 더 심해지지 않도록 노력할 뿐이기 때문입니다.

"스님. 저 사람 정신질환자라고 하데요. 곱게 미친 사람이라고도 하고요."
"그렇게 말하는 그대는 정신질환자가 아니란 말씀이렷다?"
"예?"
"그대는 그대가 정신질환자가 아니라고 확실하게 말할 수 있느냔 말이여."
"참! 말씀 듣고 보니…. 그래요. 때때로 저 자신도 저 자신을 믿을 수 없을 때가 있으니까요. 해서는 안 될 생각이나 해선 안 될 일을 저지를 때가 있었다거나…."
"그래서 바보와 천재는 종이 한 장 차이이고, 미친 자와 미치지 않은 자도 종이 한 장 차이라고 하는 것이지. 그래서 이 세상 사람이 다

미쳐 있다고 해도 틀린 말이 아니고, 이 세상 사람들이 다 정상이라고
해도 틀린 말이 아니거든."

"……."

"그래서 한 편에서 보면 정신질환자요 또 한 편에서 보면 정상인이
라, 정신질환과 정상이 한 몸 안에 한다고도 볼 수 있으니, 항상 자기
마음이나 생각을 잘 살펴 맑고 건강하게 다스리란 것이여."

그렇습니다. 모든 정신질환의 원인은 자신의 마음을 안정시키지 못
하는 것으로부터 시작하여 초기에서 중기, 중기에서 말기로 치달아 재
기불능의 상태가 되고 맙니다. 따라서 그 어떤 이유에서든 마음이 불안
해지기 시작할 때는 초기 정신질환으로 들어섰다고 봐야 하며, 그런 불
안증세는 원하지 않아야 할 것들에 대한 욕심으로부터 시작되므로, 자
신의 환경과 처지와 능력을 가늠하여 욕심부릴 것과 부리지 않아야 할
것들을 잘 가리면서, 항상 맑고 건강한 마음과 몸을 유지해야 합니다.

한때, 네팔의 원숭이들이 모여 사는 숲속에서 100일 안팎의 기간
을 함께 살다시피 한 적이 있었는데, 원숭이들은 잠잘 때만 조용하지,
그 외의 시간엔 먹고, 싸고, 다투거나 사랑하는 등 나무 위나 땅 위를
오르내리거나 나무 사이를 건너뛰며 움직임을 잠시도 멈추지 않습니
다. 어째 좀 조용하다 싶어 들여다보면 서로 몸을 긁어주거나 털을 고

르는 등 한시도 홀로 가만히 있질 못하고 움직이며 삽니다.

어느 날 토굴 안을 나무 창살로 두 개의 공간을 만든 다음, 그 한쪽 공간에 원숭이 중 가장 거칠고 활발해 주변 원숭이들을 잠시도 가만 놔두지 않고 괴롭히며 날뛰던 녀석을 먹이로 유인해 가뒀습니다.

그런 후 녀석이 좋아하는 먹이와 물을 넣어둔 채 먹거나 말거나 쳐다보지도 않고 며칠을 보냈는데, 녀석이 홀로 지내야 하는 자기의 처지에 대한 부정과 분노와 타협과 우울과 수긍의 단계를 지나, 결국 바보스러워져서는 음식은 물론 물까지 마시지 않고 시름시름 병들어갔으니, 만약 그대로 두었다면 녀석의 정신과 영양 상태가 악화하여 병에 걸리고 말 것 같았습니다.

그래도 모른 척하고 있었더니, 어찌어찌 그 고비를 무사히 넘긴 녀석은 안정을 찾았는지, 마치 참선하는 승려처럼 고요하고도 편안한 자세로 앉아 있더군요. 그 고요함 속에서 녀석이 뭘 보고 뭘 생각하는지는 알 수 없었지만요.

그러나 사람 중에는 홀로 있어야 하는 처지가 오래 이어지다 보면, 부정과 분노와 타협과 우울에서 수긍의 단계로 들어서지 못하고 조울증으로 들어가 갑자기 울고 웃는 짓을 되풀이하다가, 결국 미치거나 자살로 삶을 마감하는 경우를 흔치 않게 접합니다. 그런 까닭에 마치 원숭이가 이 나무 저 나무를 건너뛴다든가 별의별 짓거리로 자신을 달래는 것처럼, 즐거움이나 쾌락을 탐닉하며 다람쥐 쳇바퀴 돌듯 윤회하는 중생놀음에서 벗어나지 못하는 것이지요.

우리가 믿고 있는, 아니, 믿고 싶어 하는 마음과 몸이란 실은 잠시도 가만있지 못하는 원숭이와 같습니다. 바깥 세계를 향하여 잠시라도 생각하거나 움직이지 않으면 마치 죽을 것처럼, 또는 죽은 목숨인 양 우울해하고 의심하고 경계하고 두려워하다가 절망하는 단계를 거쳐 광적인 폭력으로 주변에 심각한 피해를 주거나, 심지어는 자기 파괴적인 행동까지도 서슴지 않습니다.

그러므로 현세의 복닥거리는 삶을 전부로 안다면 우리는 세세생생 고통에서 벗어날 수 없으니, 자기 자신의 몸과 마음을 잘 다스려 홀로 고요한 시간 속에서 자신과 세계를 관찰하고 이해하려는 지혜로운 습관을 길러야 합니다. 그렇지 않으면 우주나 세계는커녕 자신조차도 알지 못할 것이므로, 나고 늙고 병들어 죽는 고통의 쳇바퀴에서 벗어나지 못할 테니까요.

원숭이도 갑자기 홀로 있게 된 자기의 처지에 대한 부정과 분노와 타협과 우울과 수긍의 단계를 넘어 초월한 듯한 편안하고 자유로운 자세를 취하는데, 하물며 사람으로 태어나 그게 왜 안 되겠습니까. 이미 사람으로 태어나기 어려운데 사람으로 태어났고, 부처님 가르침 만나기는 더더욱 어려운데 부처님 가르침을 만난 사람이, 홀로 자기 자신으로 들어가 즐겁고 편안하며 자유로운 상태로서 깨달음에 들어서지 못한다는 것은 있을 수 없으니까요.

상쾌함이란

진리를 깨달아 모든 중생놀음에서 벗어난다는 뜻인 '열반(涅槃)', 즉 부처님이 되려고 노력하는 사람이라면, 그 사람에겐 망상과 번뇌가 없기에 항상 상쾌한 삶일 수밖에 없습니다.

상쾌란 말의 뜻은 무엇일까요? 이는 항상 맑고, 건강하여, 즐겁고, 편안하며 자유로우니 그 어느 것에도 비교할 수 없는 마음과 몸의 상태라는 뜻입니다.

삶을 살아감에 있어서 가장 중요한 것이 무엇일까요? 그 무엇을 먹고 싸고, 자고 일어나고, 입고 벗고, 일하고 쉬거나, 사랑하든 간에, 그 어떤 권력과 재력과 명예나 모습을 갖추건 간에, 상쾌하지 않은 마음과 몸의 상태라면 고통스러운 지옥만 만들 뿐입니다. 그러니 태어남과 살고 있음과 병들고 죽을 것임을 인정하되, 태어났음과 살고 있음과 죽는 과정이 부처님이 되는 기회인 것을 알아, 항상 맑고 건강하여 즐겁고 편안하며 자유로워야 현재는 물론 영원한 삶인 부처님이 되실 수 있는 것입니다.

그 어떤 환경과 처지에 있는 사람이든 간에, 부처님이 되겠다는 희망으로 상쾌한 삶을 사느냐, 부처님이 될 수 없다는 절망으로 우울한 삶을 사느냐에 따라 현재는 물론 세세생생을 극락으로 만들 수도, 지옥으로 만들 수도 있다는 뜻이기도 합니다. 그러므로 오직 부처님이 되고자 하는 간절한 마음만 있으면, 사는 것은 물론 죽음 앞에서도 즐겁고 편안하며 자유로울 수 있으며, 그 어떤 근심과 두려움과 절망에서도 벗어나 영원한 삶인 부처님이 될 수 있는 것입니다.

그러나 유감스럽게도 나는 이래서 안 되고, 저래서 안 된다는 핑계를 늘어놓으며 게으르고 무책임한 삶을 산다면 털끝만큼의 상쾌한 기분도 누릴 수 없으며 고통만 느낄 뿐이기에, 부처님께서는 항상 '방일 (放逸)'하지 말라고 하신 것입니다.

방일이란 기분 내키는 대로 변덕을 부리며 게으름을 피우는 것을 뜻하는데, 이는 열반 즉 부처님이 되는 것을 스스로 포기하는 최악의 태도라 할 수 있으니, 상쾌함과 함께한다는 것은 애당초 틀린 일입니다.

거듭 말씀드리건대, 그 어떤 것들을 대할 때라도 늘 상쾌하게 생각하고 말하고 행동하는 게 자신을 즐겁고 편안하며 자유롭게 함은 물론 부처님이 되시는 시작임을 가슴에 새겨야 할 것입니다.

무엇이 사실이고 무엇이 사실이 아닐까?

우리는 '나'는 물론 모든 생명체가, 더 나아가 우주까지도 사실이라고 생각하며 살고 있습니다. 그러나 내가 알고 있는 '나'는 물론 그 모든 것들이 다 사실 그대로가 아니며, 모두 다 내가 '나'라고 착각하는, 사실이 아닌 '내'가 지어낸 헛된 것들입니다.

그런 마음은 한마음이기도 하고 여러 마음이기도 하며, 있는 마음이기도 하고 없는 마음이기도 합니다. 왜 한마음이기도 하고 여러 가지 마음이기도 하며, 있는 마음이기도 하고 없는 마음이기도 하냐면, 그 마음이란 것이 한마음으로 움직이기도 하고 여러 가지 마음으로 움직이기도 하며, 생기기도 하고 없어지기도 하기 때문입니다.

그런 마음은 내가 있고 타인이 있어서 이런저런 모든 것들이 존재한다는 믿음을 중심으로 움직이는데, 부처님께서는 '그런 마음들이 제멋대로 일어나고 제멋대로 사라지니, 그런 마음의 몸으로 사는 삶은 모두가 다 꿈이요 환상이며, 물거품이나 아지랑이처럼 생겼다가 사라지고 태어나고 죽으면서 삶의 모습을 바꿔 윤회하는 것'이라는 뜻으로 말씀하셨습니다.

반야심경에는 '마음과 감각기관은 물론 몸조차도 본래는 없음에서 생겨나고, 없음으로 사라지는 것'이며, '나와 모든 세계가 다 텅 빈 곳에서 생겨났다가 없어지는 것이므로, 현재 나라고 확인할 수 있는 마음과 몸 역시 살아있되 살아있음이 아니다'라는 경구가 있습니다.

좌선을 통하여 바깥 세계는 물론 내 몸에 관한 관심과 느낌까지도 차단하고 그 어떤 마음도 일으키지 않는 상태가 되면, 바깥 세계와 나와의 구별이 없음을 알게 되며, 더 나아가 외부세계는 물론 마음과 몸까지도 사실이 아닌, 그저 순간순간 생겼다 없어지는 것이라는, 즉 '있고 없음조차도 없다'라는 뜻인 '무(無)'와, 텅 빔도 텅 빔이 아님도 아니라는 뜻인 '공(空)'이라는 사실을 알 수 있게 됩니다.

이는 양자물리학의 이론을 들여다봐도 쉽게 이해할 수 있는데, 몸에서 세포로, 세포에서 원자로, 원자에서 원자핵으로, 원자핵에서 양성자나 중성자로, 양성자나 중성자에서 쿼크와 렙톤으로 들어가 보면…, 양파의 껍질을 까고 또 까듯 들어가 보면…, 끝내 아무것도 없는 텅 빈 곳에 도달하듯이, 쿼크와 렙톤이나 양파 너머 우리가 거머잡을 수 있는 것은 그저 텅 빈 것일 뿐이기에, 나라든가 세계가 다 공이라는, 텅 비었다는 사실을 이해할 수 있습니다.

첨단물리학은 이와 같은 결론에 도달하기 위해 막대한 시간과 천문학적인 비용을 들였으나, 물리학의 마지막 결과인 쿼크나 렙톤에 대한 추론까지도 막다른 벽에 부딪혀 그 벽 앞에서 맴돌고 있을 뿐인데, 그런 현상을 부처님과 부처님의 제자들은 이미 2,500여 년 전에 돈 한 푼 들이지 않고 정신 아닌 정신, 정신 너머의 직관으로 확인하셨던 것입니다.

더더욱 놀랍고도 확실한 사실은 부처님께서는 그런 공 또는 무의 경지조차도 뛰어넘으셔서 생기고 사라짐과 나고 늙고 병들어 죽음을 거듭하는 윤회계에서 벗어나셨고, 헤아릴 수 없이 많은 부처님의 제자들 역시 윤회계에서 벗어나셨으며, 우리 역시 그런 경지로 들어갈 수 있다는 사실입니다.

그러나 '나'는 물론 사람과 사물, 세계와 우주가 있다는 생각을 바꾸지 않는 한 절대 그런 경지에 도달할 수가 없는데, 왜냐면 이는 나에게 도움이 되는 사람과 그렇지 않은 사람, 나에게 소용이 되는 물건과 그렇지 않은 물건 등을 구별하거나 차별하며 몸이나 외부세계에 집착하기 때문입니다.

나의 편리를 기준으로 해서 나와 생태계, 나와 지구, 나와 우주가 다르다는 생각에서 그 모든 것들을 다 내 마음대로 하고자 하는 욕심과 집착을 버리지 않으면, 결국 몸과 마음에 휘둘릴 수밖에 없고 윤회의 고통 속에서 벗어나지 못하기에, 결국은 '나'조차도 없다는 사실을 확인해야 하겠죠.

그래서 우리는 우리 각자가 '나'라고 여기고 있는, 삶의 가장 큰 애물단지이면서도 부처님이 될 수 있는 보물단지인 마음과 몸이란 녀석들을 잘 다스려야 하되, 결국은 그런 마음과 몸이라는 녀석들에게서도 벗어나야만 하는 것입니다.

욕심을 넘어 탐욕으로

지구 생태계 먹이사슬의 최상층에 있다는 사람보다 더 욕심 많은 존재가 또 있을까요?

그래서 사람들의 욕심을 그냥 욕심이 아닌 지나친 욕심이라는 뜻에서 '탐욕'이라고 하는데, 삶을 위한 기본적인 것을 해결하기 위해 원하는 마음은 자연적인 욕심이라고 할 수 있으며, 삶을 위해 꼭 필요치 않은 것들에 더하여 쾌락을 즐기기 원함으로써, 사람과 모든 존재는 물론, 사람과 모든 존재의 요람인 자연까지도 파괴해 결국 자기 자신마저 파멸로 들어서게 하는 욕심을 탐욕이라고 합니다.

예를 들면 사람을 제외한 그 어떤 동식물들일지라도 일단 배가 부르면 더 이상 욕심을 부리지 않고 뛰어놀거나 누워 잠을 자면서, 가장 좋아하는 먹잇감이 코앞을 지나가도 거들떠보지 않습니다. 물론 다람쥐와도 같은 특이한 몇몇 종들은 겨우내 먹을 식량을 저장하지만 말이죠.

그러나 오직 사람만이 배가 차고 살이 쪄서 몸을 움직이지 못할 지경이 되어도 끝없이 먹거나 갖기 위해 남이나 생물체를 해치기까지 합니다. 옛 로마의 지배자들은 주변 약소국가들을 침략해 강탈한 것들로 갖가지 음식을 만들어 먹다가, 더 이상 먹지 못할 지경으로 배가 차면 손가락을 목구멍에 집어넣어 토한 후 다시 먹어대며 맛을 즐겼다고 합니다.

차마 웃어넘길 수도 없는 어리석고 악착스러운 성품의 사람들이 옛 로마의 지배자들뿐일까요? 쌀 아흔아홉 가마니를 가진 자가, 쌀 한 가마니로 한 해를 살아야 하는 가난한 이의 쌀을 빼앗아 백 가마니를 채운 후, 백 가마니의 쌀을 보면서 만족해하는 끔찍한 현실이 지금 우리가 살고 있는 세상입니다.

어쨌거나 우리가 사는 이곳 사바세계에 태어나서 죽어간 사람들은 그 모두가 욕심에서 탐욕으로 진화하면서 태어나고 죽음을 되풀이해 왔는데, 경전에는 이 같은 경우를 우화적으로 설명하고 있습니다.

"부처님이시여, 세계와 생명체는 무엇으로 이루어졌습니까?"
"모든 생명체는 텅 빈 허공과 공기와 물과 불과 흙과 마음으로 이루어졌느니라."

경전에 의하면, 최초의 우주는 텅 빈 허공이었으나, 그 어떤 작은 존재들이 생겨나 그런 존재들의 욕심으로부터 공기가 생겨나고, 그다음에 바람과 물이, 그다음에 불과 흙과 마음이 생겨나 우주가 되었고, 그런 우주 중심에 수미산(須彌山)이라는 거대한 산이 생겨났으며, 그 산 둘레로 끝없이 넓은 바다가 생겨났고, 그 바다에는 크고 작은 산들이 생겨났으며, 뒤이어 네 개의 대륙이 사방에 생겨났다고 합니다.

그 대륙 중 남쪽에 있어 남섬부주라고 하는 곳의 중심엔 하나의 왕국과 여덟 개의 지옥이 생겨났는데, 그 사이사이에 있는 작은 섬들 가운데 한 섬이 지구라고 합니다.

그와 같이 생겨난 우주에는 각양각색의 천신들부터 미생물들에 이르기까지 갖가지 삶들이 각각의 삶과 욕심과 탐욕을 채우기 위해 서로를 해치거나 죽고 죽이며, 죽이고 죽는 일을 되풀이하면서 온갖 힘을 다해 싸우는 고통을 되풀이하는 곳이라고 했습니다.

그 내용 중에는, 시간과 공간의 흐름 속에 사람들의 수명이 8만여 세에서 10여 세까지 줄었다 늘었다 했다는 내용이 있는데, 이는 처음의 사람들은 서로 아끼고 위하였기에 세상살이가 즐겁고 편안하여 그 수명이 8만여 세를 넘어섰으나, 성품이 악하고 이기적으로 변해 삶에 불필요한 것들에도 탐욕을 일으켜 서로를 해치고 해침을 당하는 참상이 계속되었다고 합니다.

그래서 그런 범죄를 막기 위해 사람들이 어떤 사람들을 지도자로 정하여 조직 즉 사회나 국가를 만들게 하여 그들에게 범죄자 처벌의

권한을 맡기자, 그것은 고양이에게 쥐를 맡긴 격이 되어 오히려 규모가 커진 탐욕에 의한 사회 또는 국가적인 착취로 변했으며, 그런 과정에 사람들의 성품은 더더욱 영악하고 사악해져 급기야는 자연까지도 파괴하는 상태에 이르렀다고 합니다.

그리하여 갖가지 천재지변이 일어나고 온갖 질병들이 세상을 뒤덮어, 굶주리고 헐벗게 된 사람들은 제 부모나 자식들까지도 먹이라고 착각하여 사람까지도 잡아먹게 되자, 살아있는 사람이라곤 찾을 수조차 없는 상태까지 이르렀으며, 그 과정을 거치면서 사람들의 수명이 10여 세 전후로 줄어들었다고 합니다.

그런데 다행히 선하고 지혜로운 사람이 나타나, 사람들에게 모든 것들을 가엾게 여겨 서로 위하는 일만이 살길이라고 설득했고, 사람들이 선하고 지혜로운 이의 가르침에 따라 서로를 불쌍히 여기며 서로 위하는 삶을 살면서 세상의 멸망을 극복하자, 사람들의 수명이 다시 늘어 왔다는 내용인데, 파멸 직전의 시대에 사람의 모습으로 나타나 그런 길로 인도하셨던 분이 부처님이시니, 앞으로 더 나은 삶, 즉 현세의 극락정토를 만들어 갈 분들이 앞으로 부처님이 되어야 할 우리입니다.

한마음이 여덟 마음이라

"스님, 사람의 마음을 여덟 가지로 나눠 그 쓸모나 쓸모없음을 밝힌다고 했는데, 한마음이면 한마음이지 어째서 여덟 가지로 나눠 챙겨야 하는지요?"

"한마음이 여러 마음이요, 여러 마음이 한마음이라고 하는 건, 한마음이 여러 갈래로 나눠 움직이며 챙겨야 할 것이 있고, 여러 마음을 한마음으로 합하여 챙겨야 할 것이 있기에 그런 것이니, 그런 여러 가지 마음의 좋은 점과 나쁜 점을 잘 이해한 다음에라야 나쁜 마음은 버리고 좋은 마음을 합하여 한마음으로 잘 살다가 부처님이 될 수 있기 때문이야. 그러나 부처님이 되자면 그렇게 합친 한마음마저도 버려야 되고."

"……"

"그런 사람의 마음은 크게 여덟 가지로 나눌 수 있는데, 먼저 제1식은 눈의 마음이 있어서 세상의 모양을 보는 것이고, 제2식은 귀의 마음이 있어서 세상의 소리를 듣는 것이며, 제3식은 코의 마음이 있어서 세상의 냄새를 맡는 것이고, 제4식은 혀의 마음이 있어서 세상의 맛을 보는 것이며, 제5식은 몸의 마음이 있어서 세상의 촉감을 느끼는 것이고, 제6식은 의식하는 마음이 있어서 앞의 제1식부터 제5식까지의 마음을 모아서 의식하는 것이고, 위 여섯 가지 마음을 전부 합하여 사용하는 마음을 제7식이라고 하느니라."

"……."

"그러나 그런 제7식은 여덟 가지 8식 중 가장 활발한 역할을 하는데, 왜냐면 첫째, 제1식인 눈의 마음은 상대와 것들의 모양이 어떻다는 것으로 끝나고, 제2식인 귀의 마음은 상대와 것들의 소리가 어떻다는 것으로 끝나며, 제3식인 코의 마음은 상대와 것들의 냄새가 어떻다는 것으로 끝나고, 제4식인 입의 마음은 상대와 것들의 맛이 어떻다는 것으로 끝나며, 제5식인 몸의 마음은 상대와 것들의 몸의 느낌이 어떻다는 것으로 끝나고, 제6식은 제1식부터 제5식까지가 느낀 마음을 합하는 것으로 끝나지만, 제7식은, 제1식과 제6식까지가 느낀 모든 것을 합하여 하나인 나라고 여기면서, 이 세계의 사람으로 살아가기 위해 갖가지 관찰과 판단과 예측과 계획 등을 하면서 중심적인 역할을 하는 까닭이니라."

"……."

"그런 제7식에는 어리석거나 지혜로운 두 가지 특성이 있는데, 제7

식의 어리석은 특성은 제7식이 제8식으로부터 생겨 나왔음에도 불구하고 제8식은 물론 나머지 6식까지를 제7식이 지배하며 세상에 대해 욕심을 부리는 어리석은 특성이며, 제7식의 지혜로운 특성은 제8식은 물론 나머지 6식 전부를 올바로 위하고 다스려 항상 즐겁고 편안하며 자유롭게 살다가 끝내는 부처가 될 수 있다는 것이 제7식의 지혜로운 특성이니라."

"……."

"그다음, 제8식은 앞의 일곱 가지 7식 전부가 느낀 마음이나 행동했던 경험 전부를 저장하는데, 그래서 제8식은 갖가지로 모습을 바꿔 가며 이생과 내생은 물론 끝없이 태어나고 죽는 걸 되풀이하는 윤회의 뿌리라고 하느니라."

"……."

"그러므로 제1식부터 제6식까지도 덧없는 윤회를 되풀이하게 하는 애물단지들이지만, 제7식과 제8식이야말로 윤회를 거듭하게 하는 애물단지 중의 애물단지로서, 윤회하는 중생의 악착스러운 뿌리라는 것을 알아, 그런 여덟 가지 마음을 잘 다스려 부처님이 되는 과정의 도구로써 사용하되, 부처님이 되기 위해서는 그런 여덟 가지 마음 모두를 다 지워야만 하는 것이니라."

"……."

"못 알아듣겠느냐?"

"……"

"그 여덟 가지인 8식을 한 가정에 비유하여 이해할 수도 있으니, 여기 여덟 명으로 이루어진 한 가족이 있다고 하자, 한 가족이 여덟 명이고 여덟 명이 한 가족이니, 여럿이랄 수도 있고 하나랄 수도 있는데, 그런 여덟 명을 각각 살펴보면, 제8식은 아버지요, 제7식은 어머니요, 제6식이 장남이요, 나머지 5식이 각각의 몫을 하는 형제들이라고 할 수 있느니라. 그런 여덟 명 각각의 위치와 각각의 일과 각각의 성품과 특성을 여덟 개의 8식과 연결하여 살펴보면, 이해할 수 있을 터…. 그리하여 그런 여덟 가지 마음들을 잘 다스려 부처님이 될 수 있는 도구로 사용하되, 부처님이 되기 위해선 결국엔 그런 여덟 가지 마음마저 싹 다 지워버려야만 하는 것이니, 명심해서 반드시 부처님이 되도록 하시게나."

"……"

"알아들었느냐?"

"네! 스님."

평상심이 뭐라고?

"평상심시도(平常心是道)란 무엇입니까?"

"……."

"스님, 평상심이면 도에 들어간다고 했는데, 평상심은 무엇이며? 도는 또 어떻게 이해해야 할까요?"

"'평상'이란 쓸데없는 맘을 일으켜 쓸데없는 일을 만들지 않음이요, '심'이란 마음이며 '도'란 길이라, 쓸데없는 생각을 하지 않아야 쓸데없는 일을 만들지 않을 수 있으니, 그렇게 함으로써 마음이 항상 맑고 고요하며 편안하여 자유로워짐으로써, 더 나은 삶은 물론 성불의 길로 들어설 수 있다는 뜻이여."

"……."

"먹고 싶으면 먹고, 싸고 싶으면 싸고, 자고 싶으면 자고, 입고 싶으면 입고, 사랑하고 싶으면 사랑하면서 자연적으로 그저 그리 사는 것을 평상심다운 삶이라고 할 수 있는데, 마치 동물들이나 식물들처럼 말이지."

"……."

"그렇다고 그런 동식물들처럼 먹고 싸고 자고 사랑하는 것이 평상심이라고 생각해서는 안 되는 것이, 그런 동식물들의 삶이란 어리석은 평상심일 뿐이기에, 세세생생 고통뿐인 중생의 탈을 벗지 못한다는 말이거든."

"……."

"사람으로 태어나기 어렵고 부처님의 가르침을 만나기란 더더욱 어렵다는 사실을 그대는 이미 익히 알고 있을 터. 사람으로 태어나기 어렵다는 건 사람이란 전생에 공덕을 쌓음으로써 동식물들보다 더 지혜롭게 태어났으며, 더 지혜로워질 수 있는 능력을 갖췄으니 사람으로 태어나기 어렵다는 말이여."

"……."

"사람이란 동식물들처럼 살거나 살아남기 위한 맹목적인 삶을 살지 않고, 왜 세상이 생기고 부서지며, 왜 태어나고 늙으며, 왜 병들어 죽느냐는 사실을 관찰하여, 희망할 건 희망할 줄 알고 절망할 건 절망할 줄 아는 중생이란 뜻이지."

"……."

"그러나 그렇게 태어났다 해도, 스스로 더 지혜로워지고자 노력하지 않는다면, 동식물들이나 어리석은 자들과 같은 중생의 신세를 면치 못할 테니까, 사람다운 평상심으로 도의 길로 들어서자면 수행을 위해 꼭 필요한 것 이상을 생각하거나 원하거나 가지거나 보관하기 위해 시간과 정력을 낭비해서는 안 된단 말이여.”

“……”

“그리하면 자신과 세계에 대한 집착에서 벗어나, 나와 세계를 있는 그대로 잘 살피게 되어, 있는 그대로의 자신과 세상을 확인할 수 있는 경지가 평상심에서 도로 들어가는 시작이란 말씀이여.”

“……”

“알겠는가? 평상심시도의 뜻을?”

“넵. 알겠습니다. 스님.”

“방아깨비처럼 대답은 잘한다마는…, 정말 잘 알았는가?”

“알겠다니까요! 스님!”

그렇습니다. 중국의 마조 스님이 풀이한 부처님의 평상심시도는 아무것도 더한 것이 없고 덜한 것도 없는, 그 마음 아닌 마음의 상태이어야 정녕코 부처님이 될 수 있다는 의미입니다.

“도를 알고자 하는가? 평상심이 바로 도다. 왜 평상심이 도라고 말하는가? 평상심은 만듦도 만듦이 아님도, 옳음도 옳지 않음도, 가지거나 가지지 않음도, 어리석은 자이거나 지혜로운 자도 없기 때문이다.”

그렇습니다. 그런 '평상'의 마음은 맑고 고요하고 안정된 마음이요, 균형 잡힌 자유로운 마음입니다. 해가 지는 것을 어찌할 것이요? 해가 뜨는 것을 어찌할 것입니까? 각각의 수명은 이미 정해져 있는 것을 또 어찌할 것입니까? 해가 뜨면 뜨나 보다, 해가 지면 지나 보다, 또 늙으면 늙나 보다, 병들면 병드나 보다, 죽게 되면 죽나 보다 하면서, 아니, 그런 '그런가 보다'라는 마음조차 일으키지 않아야 비로소 평상심시도로 향하는 자세라고 할 수 있습니다.

스님 몸이 법당이라니?

"스님께서는 어디에 계시는데요?"

"뭔 소리여? 어디에 있냐니?"

"……?"

"그대 앞에 있는 내가 보이질 않느냔 말이여?"

"아뇨, 스님께선 어느 절에 계시냐고요?"

"이 몸이 내 절인 것을, 또 어디에서 절을 찾을까?"

"그렇다면 법당은 어디 있는데요?"

"내 맘이 법당인 것을, 법당은 또 어디에서 찾고?"

"그렇다면 부처님은 어디에 계시는데요?"

"안 보이느냐? 그대는, 내 마음속에 모신 부처님이?"

"그렇다면 스님께서 절이요, 법당이요, 부처님이라는 뜻입니까?"

"쯧쯧! 그래도 못 보는군?"

"……?"

"내 속의 부처님이란, 부처님의 가르침을 내 마음속에 모시며 실천하고 있으니, 내 마음이 법당이요, 내 몸이 절이란 뜻인데, 그래도 안 보이느냐?"

"그렇다면 저 역시 저의 마음과 몸이 법당이요 절이니, 제 속에도 부처님이 계시겠네요?"

"한밤중에 귀신 씻나락 까먹는 소릴 한다더니….'

"왜요?"

"그대의 몸과 마음이 욕심과 성냄과 어리석음으로 뒤섞여 난장판인데, 어찌 감히 부처님께서 자리하시길 바라는가 말이여?"

"……."

"그러니 그대 역시 조금이라도 빨리 그대 속에 부처님의 가르침을 깊이 새겨 모시고 그 가르침을 잘 이해하고 실천하여, 우선 그대의 몸과 마음부터 깨끗이 정리해야 비로소 네 몸이 절집이요, 네 마음이 법당이며 그 속에 부처님을 모시고 있다고 할 수 있단 말이거든."

"……."

"다시 한번 더 일러주랴? 그대가 부처님의 가르침을 이해하고 실천하여 아귀와도 같은 욕심과 아수라와도 같은 성냄과 축생과도 같은 어리석음이라는 악한 것들을 깔끔히 쓸어내야 마음속에 부처님을 모시고 있다는 말을 할 수 있단 말이여, 알겠느냐?"

"……."

"그리하여 공부가 더더욱 깊어지면 네 몸이나 마음으로서의 절이나 법당은 물론 부처님의 '부' 자도 필요 없는 경지에 이를 수 있을 것이니, 머리를 깎지 않거나 승복을 입지 않아도, 그 어떤 세속적인 모습으로서의 행동일지라도 다 중생들을 위하는 부처님이 될 수 있단 말이거든."

"……."

"그러므로 그때부터 그대는 비로소 몸과 마음마저도 의식하지 않는 유여열반의 경지에 이르신 부처님이랄 수 있게 되어 중생들을 위하다가, 사용하던 그대의 몸과 마음마저도 버리고 세상을 떠날 수 있다는 뜻인데, 알겠느냐?"

"넵! 스님!"

태어나고 죽음에서 벗어난다면

언제를 '전생'이라고 할까요? '지금'이라고 하는 순간, 그 '지금'은 이미 전생이 되어버립니다.

왜냐하면, 우리는 누구나 지금이라는 지나간 그 순간으로 되돌아갈 수 없으니까요. 그러니까 한 시간 전, 하루 전, 한 달 전, 일 년 전, 십 년 전, 그리고 어머니의 배 속에서 이 세상으로 나왔을 때, 그리고 어머니의 배 속에 있을 때, 그리고 어머니의 배 속으로 들어가기 전, 그 너머 각양각색의 존재로서 윤회하고 있었을 때, 그 모든 삶들이 다 전생입니다.

어머니 배 속으로 들어가 사람으로서 삶이 시작되었을 때, 현미경으로도 볼 수 없을 정도로 작은 존재였을 때의 그것이 내가 아니라고 할 수 있을까요? 사람의 모습을 갖추고 태어났을 때와 죽음만이 시작이거나 끝이 아니라는 뜻이죠. 가령 달걀이었을 때가 닭으로서의 '전

생'이었고, 병아리였을 때 역시 닭으로서의 전생이었던 것과 마찬가진
것처럼 말입니다.

부처님께서는 지금으로부터 약 2,600여 년 전, 사람의 몸으로 태
어나기 전에 이미 갖가지 수많은 삶으로 나고 죽었던 전생들을 거치
면서, 가엾고 불쌍한 존재들을 위해 희생까지도 거듭하셨기에 부처님
이 되실 수 있으셨는데, 아프가니스탄과 파키스탄의 박물관에는 부처
님께서 전생의 수행승이었을 때, 깨달음을 위해 악마의 먹이가 될 것을
승낙하는 장면을 조각하여 전시하고 있습니다.

부처님께서 전생의 한 수행승으로서 깨달음을 추구하면서도 헐벗
고 외롭고 가난해 병든 이들을 위하셨던 참된 자세에 감탄한 천신이,
그런 수행승이라면 언젠가 반드시 성불할 것을 믿었지만, 그렇다 하더
라도 과연 성불할 수 있을 것인가를 의심하지 않을 수 없었습니다. 천
신은 수행승을 시험하기 위해 흉악한 악마의 모습으로 변신해 깊은 산
의 절벽 위에서 좌선하고 있던 수행승의 머리 위를 날며 지난 세상의
부처님께서 설하신 가르침의 반을 들려주었습니다.

변천하는 모든 것은 덧없음이라,
나타나는 순간 바로 스러지나니.

그때 좌선하고 있던 수행승이 진리를 일깨우는 소리에 눈을 뜨고 소리가 난 곳을 살펴본즉, 울긋불긋 번들거리는 흉측한 모습의 굶주린 악마가 시뻘건 피가 섞인 침을 뚝뚝 흘리고 있을 뿐이었으므로, 그 악마가 한 말이라고 도저히 믿을 순 없었지만, 짐짓 그를 향하여 물었습니다.

"제가 들었던 말은 그대가 한 말씀이었던가요? 만약 그렇다면 내 반드시 그 대가를 치를 터이니, 남은 구절을 들려주십시오."
"내가 먹는 것은 사람의 몸뚱인데, 심술궂은 천신의 제재로 먹이가 될 사람이 허락해야만 먹을 수 있는 신세가 되었으니, 그대가 그대의 몸을 먹을 수 있도록 허락한다면 남은 구절을 마저 들려 드리리다."

이에 수행승이 승낙하자 악마는 나머지 구절을 읊조렸습니다.

태어나고 죽음에서 벗어난다면,
영원토록 고요하고 즐거우리라.

그 구절을 듣고 깨달은 수행승은 악마에게 약속한 대로 악마가 자기의 몸을 먹을 수 있도록 목숨을 끊고자 절벽 아래로 몸을 던졌는데, 그를 지켜보던 악마는 즉시 악마의 본 모습인 천신으로 되돌아가면서,

절벽 아래로 날아가 떨어지던 수행승을 받아 안은 후, 다시 절벽 위로 날아올라 수행승을 절벽 위의 풀밭에 모셔 앉힌 다음, 그 앞에 엎드려 간곡히 청했습니다.

"당신을 시험한 죄를 참회하오니, 장차 부처님이 되신다면 부디 저는 물론 천상의 모든 신들과 중생들을 구제하소서."

위와 같은 예는 우화적인 장치가 적용된 '전생'에 대한 표현이지만, 그런 장치를 빌려 우리가 삶에 대한 진리를 알게 하고자 한 방편이라고 이해해야 할 것입니다.

코끼리 발자국보다 클 수 없는

"부처님이시여, '사성제'란 무엇이옵니까?"

"세상의 그 어떤 발자국일지라도 코끼리 발자국보다 클 수 없듯이, 세상의 그 어떤 진리든 사성제라는 네 가지 진리에는 비교할 수 없으므로, 그런 진리를 이해하고 실천하면 영원히 즐겁고도 편안하며 자유로울 수 있느니라."

사성제(四聖諦)란 부처님의 가르침 중 가장 중요한 가르침으로서 고, 집, 멸, 도, 라는 네 가지 진리인데, 그 네 가지 진리란, 태어나고 죽거나 더하여 우주가 생겨나고 부서지는 등의 모든 고통은 욕심과 집착에서 시작되고 끝나는 것이니 욕심과 집착을 버려야 하며, 욕심과 집착을 버리면 이생은 물론 세세생생을 즐겁고 편안하며 자유로운 삶을 살다가 부처님이 된다는, 부처님의 가르침 중 첫 번째로 중요한 가르침입니다.

1. 고제(苦諦)

사람들은 물론 모든 존재가 겪는 고통을 크게 나누면, 우선 태어나고, 늙고, 병들고, 죽는다는 네 가지 고통인 '4고'인데, 그런 네 가지 고통에 사랑하는 사람은 헤어져서 괴롭다는 '애별리고(愛別離苦)', 미워할 수밖에 없는 사람은 만나서 괴롭다는 '원증회고(怨憎會苦)', 가지고 싶어도 가질 수 없어서 괴롭다는 '구부득고(求不得苦)', 항상 욕심과 분노와 어리석음을 일으키는 몸과 마음 때문에 괴롭다는 '오음성고(五陰盛苦)' 이 네 가지 고통을 더하여 8고가 됩니다.

삶의 만족감이란 지극히 짧은 순간순간일 뿐 대부분이 다 괴로움이니, 결국 편안함과 불편함, 안심과 근심, 기쁨과 슬픔, 행복과 불행, 희망과 절망 등이 다 괴로움입니다. 앞서 말한 8고라는 고통은 다시 '108고'까지 걷잡을 수 없이 많아지므로, 결국 먹고 싸고, 자고 일어나고, 입고 벗고, 일하고 놀거나 사랑해야 하는 물질계인 이 세상에서 물질에 의존해야 하는 물질로서의 삶이란 모두가 다 고통의 악순환일 뿐이기에 삶은 '고', 즉 시작과 과정과 끝이 다 고통이라는 것입니다.

2. 집제(集諦)

한때 프랑스 사람들은 원형 식탁 가운데 구멍을 낸 다음, 그 구멍으로 살아있는 원숭이의 머리만 내놓게 하고 살겠다고 비명을 지르는 원숭이의 머리뼈 윗부분을 톱으로 썰어 머리뼈 뚜껑을 연 뒤, 김이 모락 모락 나는 뇌에 양념을 치고 죽어가는 원숭이의 표정을 보며 뇌를 먹었다고 합니다. 끔찍한 얘기입니다. 식당에 원숭이를 공급하는 원숭이 사냥꾼들은 원숭이의 먹이에 대한 집착을 이용해 산 채로 원숭이를 잡았다고 하더군요.

그들은 우선 코코넛 열매에 구멍을 뚫고 그 속을 긁어내어 그 속에 원숭이들이 좋아하는 먹이를 넣은 후, 굵은 나무 그루에 연결한 질긴 줄로 묶어두고 그늘에 드러누워 한숨 잤다고 합니다. 그 사이 먹이 냄새를 맡고 따라온 원숭이들이 코코넛 구멍에 손을 넣어 먹이를 쥔 채 꺼내려 하지만, 주먹을 쥔 채로는 손을 뺄 수가 없어서 비명을 지르게 되며, 그 비명에 잠을 깬 사냥꾼은 어슬렁거리며 다가와 그 원숭이를 사로잡아 팔아넘겼다고 하더군요. 손에 잡았던 먹이만 놓으면 손을 빼고 달아나 제 가족들과 함께 살다 죽을 수 있었을 텐데 말입니다.

어느 때, 어느 마을의 한 집을 둘러싸고 개들이 으르렁거리며 죽일 듯이 서로 물어뜯는 것을 볼 수 있었는데, 그 이유를 알아보니 그 집의 암캐가 발정기에 들어 암내를 뿜었으므로 많은 수캐가 모여들었지만, 뛰어넘을 수 없을 정도로 울타리가 높아 마냥 밖을 맴돌면서 수캐끼리 피투성이가 된 채 싸우고 있었던 것이었습니다.

결국 가장 강한 한 마리의 수캐만이 남았으나 높은 울타리를 뛰어넘지 못하고 며칠째 끼니는 물론 물 한 방울 마시지 못한 채 그 둘레를 맴돌았다고 합니다. 오직 암캐와의 교미에 집착하던 수캐마저도 하룻밤 사이에 종적을 감춰 알고 보니, 개장수 일당이 와서 잡아갔다는 것이었습니다. 한 줌의 먹이에 대한 집착을 버리지 못했던 원숭이나, 한 번의 교미에 대한 집착을 버리지 못했던 수캐나 비극적 종말을 맞을 수밖에 없었는데, 집착 때문에 제명조차 살지 못하는 어리석고 가엾은 삶이 어디 동물들에게만 있겠습니까?

'황진이'를 담 너머로 잠깐 보고 그날로 상사병에 걸린 한 청년이 먹고 자는 것도 잊은 채 그녀를 향한 그리움 때문에 고통스러워하다가, 결국 탈진해 죽고 상여가 산소를 향하고 있었습니다. 그런데 황진이의 집 앞에서 상여가 갑자기 멈추었는데 상여꾼들이 갖은 방법을 다해도 깊이 박힌 말뚝처럼 꼼짝도 하지 않았습니다. 그것을 지켜보던 황진이가 짚이는 바가 있어 그녀의 속옷 한 장을 상여 앞에 던져주자, 그제야 상여가 움직여 산소로 갈 수 있었다고 합니다. 그래서 황진이는 자기의 팔자를 한탄하며 기생으로의 삶을 시작했다고 하더군요.

그래요. 우리들 역시 죽음 앞에서는 덧없는 권력, 재력, 명예, 특히 사랑에 대한 터무니없는 집착으로, 자신의 신세를 망침은 물론 가정과 사회와 국가를 망치고, 더 나아가 자연까지도 망치면서 돌이킬 수 없는 파멸의 길로 들어서는 것을 우리는 너무도 많이 봐왔습니다.

파멸은 집착과 뜻이 같다고도 할 수 있는 '갈애(渴愛)'에서 기인하는데, 그 갈애는 다시 '욕애', '유애', '무유애' 세 가지로 나눠집니다. 그 중 욕애(欲愛)는 생명체의 가장 근본적인 욕망으로서, 성욕을 중심으로 보고, 듣고, 맡고, 맛보고, 생각을 일으키는 욕망을 뜻하고, 유애(有愛)는 생명체의 가장 기본적인 욕망으로서 살아남고자 하는 욕망을 뜻하며, 무유애(無有愛)란 가능성이 없는데도 그렇게 되기를 바라는 허황한 욕망을 말합니다.

3. 멸제(滅諦)

멸제는 저 모든 탐욕과 집착이 현세에 이루어진다고 하더라도 완전한 만족이란 있을 수 없고, 더하여 죽음에 이르면 그 어떤 것이든 하나도 빠짐없이 버리고 가야 한다는 걸 깨달아, 주어진 환경과 입장에 만족하면서 분수에 넘치는 욕심과 분노와 어리석음에서 벗어나면, 나머지 삶은 물론 영원히 행복하고 편안한 부처님의 경지에 들어설 수 있게 하는 진리입니다.

4. 도제(道諦)

도제란 고제, 집제, 멸제에서 벗어나 열반의 경지에 이르는 길이란 뜻이며, 열반의 경지란 욕심과 분노와 어리석음에서 완전히 벗어나면 정녕코 즐겁고 편안하며 자유로운 부처님이 되실 수 있음이니, 이를 '지고선(至高善)'의 경지라고도 합니다.

지고선의 경지가 어떤 것이라는 것을 부처님께서는 구체적으로 말씀하시지 않으셨는데, 그 이유는 그 경지란 직접 경험한 사람만이 알수 있으니 말이나 글로 전할 수 없기 때문입니다. 다만 그 경지에 이를수 있는 도제라는 길을 알려주셨으니, 도제의 핵심인 '8정도'의 내용은다른 페이지에서 좀 더 구체적으로 알아보겠습니다.

말이나 글로 전할 수 없다는 것에 대해 이해를 돕자면, 우리가 좋은사람이나 경치를 보고 그 사람이나 경치 속에서 죽어도 좋다는 황홀감을 느꼈다고 한다면, 그 황홀과 똑같은 감정을 어떻게 인간의 언어로나 아닌 다른 이들에게 전할 수 있을 것이며, 알고자 하는 사람 역시 어떻게 그 사람과 똑같은 느낌을 받을 수 있을까요?

오지랖이 넓으면?

"할 일 없으면 늦잠이나 주무시지 무슨 업을 지으시려고 새벽부터 생명의 허릴 잘라 그 신음과 피를 산과 들판에 뿌리고 다니시나요? 그 어떤 것이든 생명 아닌 것들이 없으니, 그래서 꽃은 꺾어 꽂지 말고 들판으로 나가서 보라고 했고요."

"꽃의 허리를 자를 때, 그 꽃의 신음을 못 들으셨나요? 어찌하여 새벽부터 그 여리고 앳된 산 꽃이며 들꽃의 허리를 잘라 피를 흘리게 하는가 말이요? 어째서 꺾어 죽인 그 꽃들을 해우소마다 녹슨 깡통에 꽂아두고 그대들의 똥 싸는 모습을 보게 하는가 말이요? 그런 꽃들의 고통도 못 들은 채 악취 나는 해우소마다 꽂아 놓으면 그것을 보는 사람들의 악업은 또 어찌하실 겁니까?"

"저와 저를 믿는 사람들의 복을 빌고자, 살아있는 닭의 목을 가위로 잘라 목숨을 끊고, 멀쩡하게 살아있던 돼지의 목숨을 끊어, 있지도 않은 저희 신에게 바치는 것은 어리석은 까닭이라고 치고, 그렇게 머리가 잘려나간 닭이 몸뚱이를 흔들고 뛰어다니면서 죽을 때까지 천지사방에 피를 흩뿌리며 뛰어다니게 하거나, 털 한 올 없이 벌거벗겨 내장까지 파낸 돼지의 몸뚱이를 제단에 올려놓고 저희의 복을 빌며 원시적인 희생제를 치르는 무속인들과 꽃의 허리를 잘라 해우소의 깡통에 꽂아 놓고 즐거워하는 스님이 무엇이 다를까요?"

"그렇게 죽은 생명이 원한을 품으면 그 저주는 누구에게로 향할 것이며, 그런 저주를 받는 자들의 삶이 제대로 풀릴까요? '참성증상만'이란 바로 스님을 두고 한 말인즉, 닭 볏보다 못한 중 벼슬일랑 해우소 똥통에 버리시고 새로 공부를 하시는 것이 더 큰 악업을 짓지 않는 길일 것이외다."

한 노스님께서 새벽마다 산 꽃, 들꽃들을 꺾어 해우소 한 귀퉁이에 꽂아 놓으신 후 벙긋벙긋 웃으며 나오는 모습의 사진과 함께 '노스님과 해우소의 향기'라든가 뭐라던가? 그 비슷한 대문짝만한 제목이 실린 신문을 본 적이 있었습니다.

그때 마침 그 사찰 곁을 지나다가 그 신문을 봤던지라, 굳이 사찰 가까운 산기슭에 텐트를 치고 잠을 청한 후, 봄 안개 자욱한 꼭두새벽부터 사찰 곁 산자락에 쪼그리고 앉아 지켜봤더니, 아니나 다를까 역시 노스님께서 일주문을 나오실 때까지는 위태위태 몸도 못 가누시다가, 숲속의 꽃을 찾아 자르는 순간부터는 물고기가 물을 만난 양, 잽싸게 한 바구니의 꽃을 꺾어 모으신 후 흥얼거리며 해우소로 가시더니 꽃 한 송이씩 꽂아두고 나오더군요. 옳다구나 하고 뒤쫓아 가 앞을 가로막은 채 고래고래 따져대다가, 노스님의 상좌들에게 붙들려 하마터면 제 명대로 못 살 뻔한 적도 있었지만, 다행히 그 노스님의 만류로 명을 이어왔습니다.

그런데 묘한 것이 그때까지 십 년 가까이 절집살이를 했어도 그저 그러려니 하며 대수로이 여기지 않던 꽃들을 공양하는 의식에 관한 생각이, 그 신문을 보는 순간 갑자기 확 바뀌어서 그때부터 보는 이마다 옳다 그르다, 동네 강아지 쓰레기통 뒤지듯 따지고 다니다가 명대로 못 살 뻔했던 때도 한두 번이 아니었던 시절이었습니다.

봄이면 각각의 고장에서, 특히 자칭 '꽃의 도시'라고 하는 어떤 도시의 호수공원에서는 '1억 송이 꽃의 향연'이라는 광고 문구를 길거리마다 내어 걸고 붙인 채 세계꽃박람회인가 뭔가를 열므로, 그때마다 1억 송이 꽃들이 저마다의 생을 못 살고 죽어가는 것이 안타까워 밤낮을 지새우기 일쑤였기에, 옳다 그르다를 따지던 그때의 병이 또 도지는 게 아닌가 싶었습니다. 더 고통스러운 것은 살생을 말리셨던 부처님의 탄생일인 사월 초파일 때마다, 또 얼마나 많은 허리 잘린 꽃들이 부처님 앞에 바쳐질 것이며, 또 얼마나 많은 허리 잘린 꽃들이 부처님 앞에서 피를 흘리며 고통스러워할 것이며, 또 얼마나 많은 허리 잘린 꽃들이 씨를 맺기는커녕 꽃도 제대로 피우지 못한 채 시들어 죽어 쓰레기통에 처박힐까, 라는 것입니다.

어디에나 지혜롭거나 어리석은 사람들이 섞여 사는 곳이라 불교 교단 내에도 바른 기도와 수행을 하는 사람이 있는가 하면, 작은 이익이나 쾌락에 탐닉하는 사람들이 있는데, 그래서 부처님께서는 그런 어리석은 사람들을 세 부류의 '증상만'으로 나누셨겠지요.

첫째, '속중증상만(俗衆增上慢)'은 일반 신도로서, 모르면서도 아는 체하며 선량한 사람들을 속이거나 신도들 사이를 이간하는 등 참된 승려를 비방하면서 덧없는 쾌락과 이익을 찾는 사람들입니다.

둘째, '도문증상만(道門增上慢)'은 수행자로서 깨닫지 못했으면서도 깨달았다고 착각하거나, 또는 깨달았다고 속이고 참된 승려를 비방하면서 덧없는 쾌락과 이익을 추구하는 사람들입니다.

셋째, '참성증상만(僭聖增上慢)'은 깨달았다고 속이면서 승려의 탈을 쓴 채 높은 자리에 앉아 권력과 재물과 쾌락에 집착하여 사람들을 악용하는 자들을 뜻하는데, '속중'보다는 '도문'이, '도문'보다는 '참성' 쪽의 죄업이 더 커서 현재는 물론 장차 무간지옥, 즉 끝없는 고통의 지옥에 빠져 헤어나지 못한다고 했으니, 이는 권위를 이용해 자신에게 의지하게 하면서 속이고 착취하기에 사람들은 그 정체를 알아차리기 어려우므로 더 큰 죄악을 짓는 까닭입니다.

성철 스님과 딸 그리고 아내

성철 스님께서는 많은 사람을 위하신 스님이시기도 했지만, 그 아내와 딸까지도 스님을 뒤따라 출가하여 많은 이들을 위하는 삶을 사셨습니다.

성철 스님께서 지리산의 대원사로 출가하신 후 스님의 어머니는 스님을 속가로 돌아오시게 하고자 갖은 방법을 다하여 스님을 뒤쫓다가, 스님께서 해인사에 계신다는 소문을 듣고 하루도 빠짐없이 절로 오르내리며 '집안의 대를 이을 장손으로서 대를 이을 손자도 낳아주기는커녕…'이라며 갖가지 애원과 원망과 비난과 함께 울며불며 스님을 쫓아다녔다고 합니다.

스님은 그때마다 절을 벗어나 산속으로 도망치셨는데, 어느 날은 그녀가 죽기를 무릅쓴 듯 산 깊숙이까지 쫓아왔으므로 그녀가 따라오지 못하게 하고자 그녀 곁으로 돌까지 던졌다고 합니다. 그런데 다만

겁을 주기 위해 어머니 근처로 던진 돌이 하필이면 어머니의 머리에 맞았고, 어머니가 피를 흘리며 쓰러졌으나 스님은 냉정하게 내려다보시다가 뒤돌아서 산속으로 자취를 감췄다고 합니다.

그제야 어머니는 서럽게 울면서 스님을 포기하고 내려간 후 다시는 스님을 찾지 않았다고 하는데, 그때 성철 스님은 숲속에 숨어서 어머니를 지켜보다가 산에서 내려가시는 것을 확인한 후에야, 어머니가 흘린 핏자국을 어루만지며 통곡을 하다가 밤이 새도록 그 핏자국에 절을 하며 용서를 빌었다고 합니다.

그 후로도 스님은 수행에 게을러지는 자신을 느낄 때마다 어머니의 핏자국이 마른 땅에 절을 하며 자신을 다스리셨으며, 그런 스님께서는 수행하시면서 열두 가지 다짐으로 당신 자신을 다스리셨다고 하는데, 그 내용이 제가 아는 바로는 아래와 같습니다.

권력과 재물과 명예를 멀리하고, 음식을 적게 먹고, 잠을 적게 자고, 의복은 한 벌로 만족하고, 여인을 여인으로 보지 않고, 신도의 공양물과 사회 일상사는 물론 그 어떤 옳고 그름의 다툼에도 개입하지 않는다는 것이었으니, 위의 계율은 스님 자기 자신을 위한 계율로써, 당신을 따르는 제자들에게는 굳이 강요하시지 않으셨다고 합니다.

춘성 스님이 북한산 호랑이라 불리셨고, 성철 스님이 가야산 호랑이라고 불리신 이유를 우리는 쉽게 상상할 수 있는데, 성철 스님 역시 춘성 스님 못잖게 무소유를 실천하시면서 갖가지 기행과 육두문자로 가르침을 펼치셨으니, 자기 자신에 엄한 만큼 상대가 법도에 어긋난 행동을 하거나, 직설적인 가르침을 베푸시고자 하실 때는 장소와 상대를 가리시지 않고, 욕설과 고함으로 시작하던 모습조차도 거의 비슷하다고 하더군요.

성철 스님의 외동딸 역시 스님을 뒤따라 출가했는데, 출가를 결심한 그녀는 가족들에게 하직 인사를 한 후 수소문 끝에 성철 스님을 찾아뵈었다고 합니다.

"머할라꼬 날 찾아왔노?"

"부처님이 되기 위해섭니다."

"그으래. 니 말이다, 니하고 내하고는 부녀지간의 인연이 이미 끊어진 거 알제?"

"네, 스님."

"그라모 딴 스님 찾아가 보지, 내한테는 와 왔노?"

"……."

"그라고, 니가 부처님 제자가 되모, 생각조차도 말아야 될 끼 남잔데, 그거는 아나?"

"네. 남자는 물론 그 어떤 이들과의 만남도 끊고 수행에 전념하겠습니다."

"그래! 좋다! 그라모 머릴 깎아 주께. 그라고, 니 말이다. 뭔 일이든 급할수록 찬찬히 돌아가야 함을 잊지 말그래이."

"네. 명심하여 지키겠습니다."

"그라모 됐다. 니 법명은 아닐 불에다가 반드시 필이라, '불필(不必)'
이라꼬 해라."

"무슨 뜻이옵니까?"

"마, 그 뜻은 공부해가면서 니 스스로 알게 될 끼다."

"……."

'불필'이라는 법명은 아무에게도 아무것에도 필요치 않다는 뜻인
것으로 이해할 수 있는데, 그 후 세월이 흘러 어엿한 스님이 되신 그녀
는, 성철 스님께서 몸을 버리시고 이 세상을 떠나시어 '다비식' 즉 화장
할 때도 참석하지 않고 다비장에서 먼 곳에 선 채 성철 스님의 몸이 타
면서 피어오르는 연기를 바라보았다고 하며, '세세생생 스님을 따르겠
다고 다짐하시면서 아스라이 사라져가는 스님의 흔적을 향해 아홉 번
의 절로 이별의 인사를 대신했다고 합니다. 그때, 멀리 서서 허공으로
사라지는 다비식장의 연기를 바라보며 눈물 한 방울 흘리지 않는 불필
스님의 초연한 모습을 의아해하던 사람들에게 불필 스님은 이렇게 말
했다고 합니다.

"잘 사시다가 뜻을 이루셨는데 울긴 왜 울어요. 세세생생의 전생을

걸쳐 내 아버지 아니셨던 사람이 어디 있고, 내 어머니 아니셨던 이가 어디 있으며, 모든 삼라만상이 다 하나에서 출발하여 여럿이요, 여럿은 곧 하나라, 인연 따라 만나 인연 따라 헤어짐인 것을…."

그 후에도 불필 스님은 성철 스님을 향한 맹세를 지키시며, 세상과의 만남을 끊은 채 산속의 화전을 일구면서 수행에 전념하셨는데, 그런 어느 날, "나는 스님께 스스로 올린 약속을 지키기 위하여 사람들을 거의 만나지 않았기에, 가엾은 삶들을 위해 그 어떤 일도 하지 않았으니, 이를 후회하노라"라고 하셨답니다.

한편, 남편은 물론 딸마저도 부처님께 빼앗겼다고 생각하면서, 홀로 남아 갖가지 견딜 수 없는 고통을 겪던 성철 스님의 아내이자, 불필 스님의 어머니였던 그녀는, '도대체 불법이 무엇이기에 남편과 딸마저도 나를 홀로 두고 떠나게 했을까?'라는 의문을 풀기 위해 딸이었던 불필 스님이 계신 곳으로 찾아가 스님과 한동안 같이 지내는 동안 깨달은 바가 있어 그녀 역시 출가했다고 합니다.

그때 성철 스님께서는 팔공산에서 잠시도 바닥에 몸을 눕히시지 않는 장좌불와와 날 것으로 끼니를 이으시는 적은 양의 생식으로 정진하셨는데, 아내였던 사람까지도 출가했음을 확인하신 스님께서는, "어미와 딸이 한데 모여 어쩌자는 게나?"고 호통을 치며, "그녀의 출가는 말리지 않겠지만 모녀가 각기 다른 곳에서 수행하도록 하라"라고 하셨답니다. 그러나 아내와 딸이었던 두 사람은 스님의 뜻을 따르지 않고 함께 수행했으나, 스님께서는 그런 사실을 아시면서도 더 이상 탓을 않으셨다고도 하고요.

초인적으로 혹독한 수행을 통해 성불하셨던 성철 스님! 그런 성철 스님께서는 열반하실 때까지 항상 옷 한 벌과 소금기 없는 적은 양의 음식으로 비탈진 가야산 기슭의 낡고 작은 암자에 기거하며 세속을 등지셨었지만, 한국 불교계의 등불로서 많은 이들을 위하셨습니다.

동자승의 엄지손가락

중국 당나라 때, '구지 스님'이라고 불렸던 스님이 있었으니, 스님께서는 수행이 되었다 싶은 사람들이 질문할 때 말씀 대신 엄지손가락을 내밀어 깨우침을 도우셨기에 '일지두선(一指頭禪)'이라고도 불렸습니다.

그런 스님께서 절강성 무주 금화산에서 수행하고 계실 때, 해가 뉘엿뉘엿 넘어갈 무렵 삿갓을 쓰고 석장(錫杖, 승려가 짚는 지팡이)을 든 어린 여승이 찾아와 스님의 주위를 세 바퀴 돈 후 말했습니다.

"가르침을 주시면 삿갓을 벗으오리다."

심심산골에 홀로 계시던 젊었던 스님은, 상대가 꽃다운 나이의 어린 여승이었고 깊은 산속의 해거름이었으며, '삿갓을 벗으오리다'라는 묘한 말투와 차린 모습 또한 요염하다는 생각이 들어 어정쩡하니 대답을 하지 못했는데, 어린 여승은 다시 스님의 주위를 돌면서 "가르침을 주시면 삿갓을 벗으오리다"라는 말을 두 번이나 더 해도 스님이 대답을 안 하시자 뒤돌아 그곳을 떠나려 했답니다. 그제야 스님께서 엉겁결에, "밤이 깊어 굶주린 산짐승들이 나돌 때니 자고 가시게"라고 했지요.

"가르침을 주시면 자고 가오리다."

한 수 더 놓는 듯 요사스럽다고도 생각할 수 있는 말을 또 듣게 되자, 스님께서는 더더욱 황당해하시며 대답을 못 했는데, 그 어린 여승이 떠나고 난 후에야 그 여승을 여승이 아닌 여인으로 대한 자신의 중생심을 크게 뉘우쳤습니다.

그 후 사람들과 부대낌 속에서도 모든 조건을 초월할 수 있는 수행이야말로 진정한 성불의 바탕이 될 수 있음을 깨닫고, 사람들 속에서의 수행을 결정한 다음 막 길을 떠나려 하셨을 때, 어느 사이엔가 스님의 뒤에 나타나신, 당시 선지식으로 널리 알려진 천룡 선사님이 대뜸,

"어딜 가려느냐? 이 좋은 곳을 두고?"

뜻밖에 뇌성벽력처럼 들려온 소리에 놀라 뒤를 돌아본 스님은 그를 향해 들어 올리신 천룡 선사님의 엄지손가락을 보았고, 그 엄지손가

락을 본 순간 모든 망상에서 벗어나 무심한 상태에 이를 수 있었으므로, 삼라만상을 있는 그대로 보실 수 있게 되었다고 합니다.

그 후부터 스님께서는 스스로 자기를 '구지'라 이르면서 승속을 오가며, 홀로이면서도 여럿과 함께하심 속에 수행을 계속하셨으니 그런 스님을 사람들은 존경했다고 합니다. 사람들이 스님께 가르침을 청해 올 때면 사람의 성품에 따라 엄지를 내세우며 깨달음을 도왔다고 하는데, 스님께서는 때때로 그 어린 여승과 천룡 선사의 은혜로 깨달음을 앞당길 수 있었다면서, 허공을 향한 합장으로 그 어린 여승과 천룡 선사에 대해 감사함을 표했다고 하더군요.

그런 세월이 흐른 어느 날, 스님께서는 외출하고 스님을 모시던 한 동자승이 뜰을 쓸고 있을 때 한 벼슬아치가 스님의 가르침을 받기 위해 암자를 찾아왔지요.

"스님께서는 계시온지요?"

동자승이 스님을 흉내 내어 엄지손가락을 불쑥 내밀자, 그 벼슬아치는 '이것 참…, 저 어린 스님도 벌써 도에 이르셨는가?' 중얼거리며 정중히 합장한 후 암자에서 내려갔는데, 저녁나절에서야 돌아오신 스님께서 동자승에게,

"그래 낮 동안 찾아오신 분이 없으셨던가?"

"한 분이 찾아오셨었습니다."

"그래서, 무어라고 했더냐?"

"이렇게 했습니다."

"그래! 다른 이들에게도 항상 그렇게 엄지를 내밀었더냐?"

"네."

"어디 한 번 더 내밀어 봐라"라고 하시자 동자승이 "이렇게요?" 하면서 엄지를 쑥 내밀었는데 스님께서는 냉큼 동자승의 엄지를 낚아챈 후, 날이 새파란 주머니칼로 그 엄지손가락을 밑동까지 싹둑 잘라버리셨답니다.

엉겁결에 엄지를 잘려 기겁을 한 동자승이 피가 낭자한 손을 거머쥐고 비명을 지르며 달아나려 하자, 스님께서는 동자승의 멱살을 낚아쥐신 채 스님의 이마로 동자승의 이마를 두들기시며 고함지르시기를,

"너 이 원숭이보다도 못한 놈아! 어떤 것이 불법의 참다움이냐?"

그 순간 동자승은 자신도 모르게 평소에 하던 대로 엄지를 번쩍 치켜들었으나, 피가 낭자할 뿐인 엄지가 사라진 손가락을 본 순간 마음이 활짝 열려 비로소 참다운 깨우침에 들어갈 수 있었다고 합니다.

그래요. 제자의 엄지손가락을 자를 수 있었던 스승의 큰 은혜로, 스

승을 흉내 내면서 헛되이 세월을 보내다가 자칫 사기꾼으로 전락할 수도 있었을 동자승이 손가락 하나의 상처를 통해 큰 깨달음에 이르러 자기 자신은 물론 많은 이들을 위할 수 있었다고 합니다.

"그대여, 만약 아침에 들었던 말을 실제로 경험한 것처럼 속인다면 상대는 물론 그대 자신까지도 속이게 될지니. 저녁의 그대는 그대가 속인 이들과 함께 영원히 헤어날 수 없는 지옥에 있을 것이니라"라는 말씀이 떠오르는군요.

마음이 일어날 때마다

마음이 일어나고 스러질 때마다, 마음으로 그 마음들을 바라보나니….

흐린 날씨와 맑은 날씨가 거듭될 땐, 우울함과 쾌활함이 되풀이되어 마음을 다스리기가 쉽지 않은데, 그런 안정되지 않은 마음의 상태는 자칫 인간관계나 일을 망쳐 불행한 결과를 맞이하기 쉽습니다.

미친개가 사람은 물론 콘크리트로 만든 전봇대까지도 물어뜯다가 경찰에게 죽임을 당하는 것은, 미친개가 사람이나 전봇대에 무슨 악한 감정이 있어서가 아니라, 광견병으로 인한 고통을 참기 어려운 까닭에 그런 미친 짓거리를 하다가 경찰에게 목숨을 잃는 것처럼요. 그렇다면 마음이 혼란으로 빠져들 때 어떻게 지혜롭게 대처하여 상쾌한 삶을 살 수 있을까요?

우리는 걷거나, 서거나, 앉거나, 눕거나, 그때마다 갖가지 마음을 일으킵니다. 그 어떤 종류의 마음이든 그때그때 일어나는 마음을 바라보며, 그 마음이 어떤 마음인가, 어떤 인과에 의해 일어나는 마음이며 어떤 결과를 초래할 것인가를 면밀히 분석하고 다스려야 합니다.

그러나 마땅한 이유도 없이 우울해지거나 화가 나는 원인을 찾아 다스리려 할 때, 그 순간 또 다른 슬픔과 괴로움이 일어나 마음의 집중을 방해하는데, 그럴 때마다 처음의 그 우울과 울화의 원인을 놓지 않고 집중하여 찾아야 하니, 위와 같은 자세를 바른 '삼매'를 향한 바른 '집중'이라고도 합니다.

그렇게 원인을 찾아 들어갈 때, 우울하거나 화나던 마음은 서서히 또는 갑자기 사라져 버려 마치 닭 쫓던 개 꼴로 만들어 버리기도 하는데, 그 역시도 처음의 그 우울과 화가 완전히 사라진 건 아닙니다. 또 다른 슬픔과 괴로움의 감정이 나타나 처음의 우울하거나 화가 나는 마음과 뒤범벅되어 마치 사라진 것으로 착각하는 것입니다. 그러므로 이런저런 핑계를 대면서 또 다른 마음이 비집고 들어와 방해한다고 하더라도, 방해받고 있다는 것을 알아채어 무시해 버리고 처음의 그 우울하고 화가 나던 마음의 원인을 물고 들어가다 보면, 그 원인이 각자의 마음 깊숙한 곳에 도사리고 있는 늙음과 죽음에 관한 두려움과 절망감에서 비롯된 것임을 알게 됩니다.

마땅한 이유가 발견되지 않았던 것은 그것이 현실이 아닌 무의식 속에 도사리고 있기 때문입니다. 늙음과 죽음에 대한 공포와 절망이 무의식 저 깊숙한 곳에 도사리고 있다가 스멀스멀 의식화되어 그런 막연한 우울과 울화로 나타나는 것이지요. 그 원인을 분명히 자각하면, 그 어떤 물질적 환경을 누리고 있다고 해도 만족하지 못했던 자기 자신을 확인하게 되고, 살아오면서 느꼈던 갖가지 감정이나 소유물이 하나같이 부질없는 것이었다는 것을 알게 됩니다.

그런 과정을 통해 내가 아무리 도리질 쳐도 늙고 죽는다는 것이 피할 수 없는 것임을 인정하게 되면, 세상을 살면서 생각하거나 생각하지 말아야 할 것, 원하거나 원하지 않아야 할 것, 가지거나 가지지 말아야 할 것을 구분하게 됨으로써 나머지 삶은 그야말로 항상 즐겁고 편안하며 자유로운 삶으로 살게 하는 것입니다.

그러나 여기에서 또 다른, 그야말로 가장 중요한 문제에 부딪히게 되는데, 그것은 늙음과 죽음에 대한 해결책입니다. 이제까지 늙고 병들어 죽는다는 문제를 외면해 오다가 언젠가는 죽는다는 사실을 확인하게 되면 죽음이란 벽 앞에서 절망할 수밖에 없는데, 사람들은 여기에서 두 갈래의 삶으로 나눠집니다. 그 두 갈래의 삶이란, 삶과 죽음이란 것이 무엇인가를 알려고 하지도 않은 채 고통뿐인 중생계의 삶을 되풀이하는 것과 삶과 죽음에 대한 사실을 알아 중생계를 벗어나려고 하는 것의 두 가지 태도입니다.

두말할 것도 없이 삶에 대한 해답을 구하는 사람들이 옳다고 할 수 있는데, 그러나 1층을 짓지 않고 바로 3층을 지어 올릴 수 없듯이, 늙음과 죽음을 알고자 함을 목적으로 하되 그 목적을 달성하기 위해서는 우선 현재의 마음과 몸이 무엇인가와 어떻게 움직이는가를 알고 잘 다스림을 시작으로 해야 합니다.

그러니 태어남과 늙음과 병듦과 죽음에 대한 원인도, 마음과 몸의 근원에 대한 것을 이론적으로는 이해하되 확인은 일단 뒤로 미루고, 다만 지금 순간순간의 마음이 어떻게 일어나고 사라지는가, 몸이 어떻게 움직이고 멈추는가에 대한 사실을 아는 것이 우선입니다.

마음과 몸이 어떻게 일어나고 움직이며, 사라지고 멈추는가에 대한 사실을 알게 되면, 자연히 마음과 몸의 근원도 알게 되고, 자연히 나고 늙고 병들어 죽어야 하는 사실과 원인도 알게 되며, 더 나아가 우주의 시작과 끝과 그 원인도 알게 되어, 결국은 부처님이 되시는 길로 나아가실 수 있으니까요.

사랑에서 근심과 고통이

"사랑에서 근심과 고통이 생겨나니, 사랑에서 벗어난 사람들은 근심도 고통도 없느니라."

우리는 흔히 신비하다거나 황홀하다거나 아름답고 찬란하다는 등의 온갖 수사를 붙여 사랑이라는 말에 갖은 의미를 다 갖다 붙이지만, 그러나 시중에 유통되고 있는 사랑이라는 말의 속내에는 대부분 이기적인 욕심, 좀 더 과격하게 표현한다면 교활하다고 할 수 있는 욕심이 도사리고 있습니다.

"내가 너를 사랑할 테니, 너는 너의 모든 것을 나에게 줘야 해."

그래서 불교에서는 사랑이라는 말을 거의 사용하지 않고 '자비'라는 말을 사용합니다. 그러나 어쩌지 못해 사랑이라는 말을 사용할 수밖에 없을 때는 항상 상대를 먼저 위하는 이타행(利他行)을 전제로 하며, 특히 '소유 욕구와 지배 욕구에서 비롯되는 시기와 질투, 집착과 억압, 원망과 증오 등을 뺀 사랑'을 강조합니다.

그러므로 자비라는 말은 이타적이거나 중립적이라고 이해해야 하니, 자비의 기쁠 '자'는 상대가 설령 나의 철천지원수라 할지라도 그가 한 옳은 일로 기뻐할 때는 기쁨을 함께하며 더 큰 기쁨을 누릴 수 있도록 도와주어야 한다는 뜻이며, 자비의 슬퍼할 '비'는 상대가 설령 나의 철천지원수라 할지라도 그가 옳은 일을 했음에도 슬픔을 느낄 때는 슬픔을 함께 나누어 슬픔에서 벗어날 수 있도록 도와주어야 한다는 뜻입니다.

그렇다고 무조건 같이 기뻐하면서 더 기쁘게 해주고, 무조건 같이 슬퍼하면서 그 슬픔에서 벗어나게 해주어야 할까요? 아닙니다. 바른 자비심으로 대함이란, 상대가 자기 자신과 그의 상대들을 위한 바른 생각과 말과 행동의 결과일 경우를 전제 조건으로 해야만 하는 것이니, 만약 상대가 어리석든 어리석지 않든, 그의 본의든 본의가 아니든 간에 자신의 욕심을 채우기 위해 타인의 것을 빼앗거나 해치고 기뻐한다던가, 자신의 욕심을 채우기 위해 타인의 것을 빼앗거나 해치지 못한 결과로 슬퍼할 때 그와 함께 기뻐하거나 슬퍼하는 것이 아니라, 그의 어리석음과 잘못을 나무라고 고쳐줌으로 다시는 그런 불행을 되풀이하지 않게 해야 하는 것이 진정한 자비행입니다.

자비의 '자'를 흔히들 사랑이라고도 표현하는데, 그러나 사랑이란 대개가 몸의 생식세포가 일으키는 성욕은 물론 오직 살고자 하는 몸의 체세포들, 즉 생존 세포들이 일으키는 감각적인 욕구의 만족을 추구하기 위한 지극히 이기적인 표현이라고도 볼 수 있습니다.

그런 사랑은 생명의 기원으로부터 이어 내려온, 상대야 어찌 되던 '내가 먼저 살고 내가 먼저 행복해야 한다'라는 생각에서 나오는 것이며, 결과적으로는 나의 만족을 위해 상대를 이용하고자 하는 간특한 마음에서 기인한 악착스럽고도 천박하며 이기적인 근성의 표현이라고도 볼 수 있습니다. 자비의 '비' 역시 흔히들 슬픔이라고도 표현하는데, 이 역시 자비의 '자'와 같은 뜻이라고 할 수 있습니다.

물론 사랑이란 말을 그런 뜻으로 여기지 않고 그야말로 상대와 나를 같이 위하는 자비와도 같은 뜻의 사랑으로 승화시키는 사람들이 없진 않겠지만, 현실을 살펴보면 우리는 얼마나 많은 사람이 사랑이라는 듣기 좋은 말 아래 서로 속고 속이며, 해치고 해침을 받다가 급기야는 죽임까지도 서슴지 않아 함께 파멸의 길로 치닫는가를 확인할 수 있으므로 저는 감히 사랑에 대해 이 같은 결론을 내릴 수 있는 것입니다.

현세는 물론 영원한 삶의 경지에 이르기 위해서는 그런 말초적인 사랑, 즉 성욕과 욕망의 결정인 3차원적인 불순성을 제거한 후, 설령 상대가 철천지원수라 할지라도 상대가 겪는 기쁨과 슬픔이 바른 마음과 말과 행동의 결과일 때만 기쁨을 더해주고 슬픔을 덜어주며 서로의 삶을 공유하는 것이 진정한 자비행입니다.

그렇습니다. 우리는 조금만 살펴보아도 사람들 모두가, 한 사람도 빠짐없이 언제 닥쳐올지 모르는 불행, 그리고 늙음과 병듦과 죽음의 공포 속에서 떨고 있는 가엾은 존재에 불과하다는 것을 확인할 수 있습니다.

그러므로 우리가 모든 삶의 고통과 한계를 가엾게 생각할 수 있을 때, 비로소 3차원적인 사랑의 감정에서 벗어나 자비심 그 자체가 되어 더불어 항상 즐겁고 편안하며 자유로운 삶을 살아야 할 것입니다.

"삼세의 모든 부처님은 자비심과 지혜를 바탕으로 부처님이 되셨느니라."

더하여 불교에는 '위로는 깨달음을 구하고 아래로는 중생을 구제한다'라는 뜻인 '상구보리 하화중생(上求菩提 下化衆生)'이란 가르침이 있는데, 이는 말 그대로 상구보리가 하화중생에 우선되어야 합니다. 왜냐하면, 추호의 사심도 없는 자비심을 갖추어 중생들을 구제하기 위해서는, 중생구제 이전에 자기 자신의 깨달음과 정립이 우선되어야 하기 때문이며, 상대 역시 자기 자신의 깨달음과 정립이 우선되어야겠지요. 그렇게 함으로써 서로를 돕되 상대와 나를 떠나 객관적인 입장에서 상대와 나를 가리지 않고 위할 수 있을 테니까요.

부처님이 되고 싶다면

8정도(八正道)는 여덟 가지 수행법으로서, 수행자들은 물론 그 어떤 이들일지라도 이생은 물론 세세생생을 즐겁고 편안하며 자유로운 삶을 살다가 부처님이 되게 하는, 부처님의 가르침 중 사성제에 이어 두 번째로 중요한 가르침입니다.

1. 정견(正見)

"부처님이시여, 무엇이 정견이옵니까?"

"정견은 자기 자신은 물론 모든 삼라만상을 바로 관찰하는 것이니라."

정견은 우주 삼라만상의 모양이나 움직임은 물론 자기 자신의 마음과 몸까지도 덧붙이거나 빼지도 않고 있는 그대로 본다는 것을 뜻하며, 수행이 깊어짐에 따라 눈으로 볼 수 없는 것들까지도 볼 수 있습니다.

"열반에 이름에는 번뇌와 함께하는 수행과 번뇌를 버리고 하는 수행이 있느니라."

그렇습니다. 번뇌를 버린다는 뜻은 가정과 사회를 벗어난 출가자로서의 수행이며, 번뇌를 버리지 않는다는 뜻은 가족과 사회를 벗어나지 않는 일반 신도의 수행으로써, 이는 꼭 출가해야만 성불할 수 있음이 아니고 승려든 일반인이든 간에 부처님께 귀의하여 그 가르침만 잘 이해하고 실천하면 모두 다 성불할 수 있다는 뜻입니다.

2. 정사(正思)

"부처님이시여, 무엇이 정사이옵니까?"
"본 그대로를 생각하는 것이니라."

정사는 나는 물론 그 어떤 존재나 그 어떤 것들일지라도 있는 그대로를 본 사실에 덧붙이거나 빼지 않고 본 그대로를 생각하는 것입니다.

방탕했던 여인을 어머니로 두고 성장했던 까닭에, 그 어떤 여인이든 방탕할 것이라는 잘못된 생각으로 괴로워하던 한 남자가 있었습니다. 그러던 중 믿을 만하다고 여겼던 여인을 만나 한동안 행복하게 지내고 있었는데, 어느 날 그 여인이 집 앞에서 다른 남자와 포옹하는 모습을 목격한 그는 크게 실망해 말 한마디 건네지 않고 연락을 끊은 뒤 홧김에 다른 여인과 결혼하고 말았습니다.

그러나 후에 알고 보니 첫 번째 여인이 포옹했던 남자는 그 여인의 남동생이었고, 두 번째 만나 결혼했던 여인이야말로 방탕하기 이를 데 없던 사람이었던지라, 두 번째 여인과 이혼한 다음 다시 첫 번째 여인을 찾아갔으나, 그 여인은 남자에게 버림받았다는 절망감으로 폐인이 된 채 길거리를 떠돌고 있었습니다.

그래요. 그때, 그 첫 번째 여인과 포옹했던 남자가 그녀의 남동생이 었다는 걸 바로 보고 바로 생각했다면 그 여인과 얼마든지 행복한 삶을 살 수 있었을 텐데, 그가 바로 보지 못하고 바로 생각하지 못했기 때문에, 그 여인을 길거리로 내몰아 폐인으로 만들었던 것이고, 자기 자신역시 나머지 삶을 후회와 자책의 고통 속에서 살게 되었던 것입니다.

3. 정어(正語)

"부처님이시여, 무엇이 정어이옵니까?"

"말을 바르고 선하게 하는 것일지니, 말을 잘못하면 그 말은 흉기가 되어 타인은 물론 자기 자신까지도 망치는 것이니라."

'10악'은 사람이 지을 수 있는 가장 큰 열 가지 죄를 말하는데, 그중 몸으로 짓는 죄가 세 가지로 죽이고, 도둑질하며, 사음하는 죄입니다.

입으로 짓는 죄는 네 가지로 올바르지 않은 말, 아첨하는 말, 이간하는 말, 악한 말로 짓는 죄입니다. 마음으로 짓는 죄는 세 가지로 욕심과 화냄과 어리석음인데, 말로 짓는 죄가 열 가지 죄악 중 네 가지나 되니 항상 모두를 위하고 살릴 수 있는 말을 해야 할 것입니다.

4. 정업(正業)

"부처님이시여, 무엇이 정업이옵니까?"

"그 어떤 직업이든 죽임과 도적질과 잘못된 사랑과 거짓됨과 술을 마시지 않고, 마시지 않게 해야 하는 직업이니라."

그래요. 그 어떤 직업이든 간에 그 직업이 내 욕심만을 채우기 위한 것이냐, 아니면 나와 상대를 함께 위하는 직업인가에 따라 옳고 그른 직업으로 분류되니, 가령 훌륭한 직업에 속하는 교육자라도 제자들을 바른 성품으로 이끌면서 각자의 능력과 원하는 바에 따른 최선의 교육은 뒷전으로 하고, 제자들을 돈벌이의 대상으로만 취급한다면 이를 바른 직업이라고 할 수 없습니다. 그러나 설령 웃음과 몸을 팔아 사는 천한 직업이라 할지라도 웃음과 몸을 돈으로 살 수밖에 없는 상대의 환경과 입장을 살펴, 그런 상대에게 희망과 용기를 주어 자기 자신은 물론 모든 존재를 위할 수 있게 하는 사람이라면 이는 바른 직업을 가진 사람이라고 할 수 있는 것입니다. 살생, 도덕질, 잘못된 사랑, 거짓, 음주에 대해 조금 더 구체적으로 말씀드리자면 다음과 같습니다.

① 살생의 업보에는 차이가 있는데, 그것은 식물보다 동물을, 동물보다 사람을, 사람 중에서도 부모나 스승은 물론 수행승을 살해하는 죄가 더 크다고 했습니다. 그렇다면 도축, 즉 소나 말과 닭 등을 죽이는 직업을 가진 사람의 살생은 어떻게 이해해야 할까요? 이는 재산의 축적이 아니라 자신의 생활을 유지하고 사람들의 건강을 돕기 위한 도축은 살생으로 여기지 않습니다. 그러나 살아가는 데 꼭 필요치 않음에도 불구하고 그 어떤 생명이든 괴롭히거나 죽인다면 살생이라 할 수 있으며, 특히 살생 중에는 말로써 상대방의 희망과 용기를 꺾거나 비방하거나 모함하여 상대의 삶을 파괴하는 경우만큼 용서받지 못할 살생이 없다 하겠습니다. 스스로 목숨을 끊는 자살 역시 살생에 속하지만, 부처님은 탐욕과 성냄에서 벗어난 깨달은 자의 자살은 살생이 아니라고 하셨으니, 이는 사리푸트라와 목갈라나와 마하프라자파티 등이 부처님에 앞서 몸을 버리고 열반의 경지로 향하겠다고 청했을 때, 부처님께서 말씀 없이 허락하신 것에서 확인할 수 있습니다.

② 도적질은 남의 물건을 몰래 훔친다든가, 위협이나 폭력으로 빼앗는 것이며, 소매치기, 사기 등의 속임수는 물론 고객을 속여 폭리를 취하는 것 등도 도적질에 속하는 용서 받지 못할 죄악이라고 할 수 있습니다.

③ 잘못된 사랑을 하지 않아야 한다는 것은, 각국의 환경과 처지와 법규에 따라 달라지겠지만, 보편적으로 저질러선 안 될 음행에는 배우자 외의 사람과 성적인 관계를 해서는 안 되고, 보호받아야 할 어린이와 장애가 있는 사람도 안 되며, 친인척 관계는 물론 종교 등의 이유로 독신생활을 해야 하는 사람들과도 관계해서도 안 되고, 특히 남녀를 불문하고 성적인 것을 이용하여 이익을 추구하려는 매춘은 용서받지 못할 음행이라고 할 수 있습니다.

④ 거짓말 역시 상대와 내가 선한 쪽으로 성장하기 위한 선의의 거짓말이 아닌, 상대야 죽든 말든 오직 제 이익만을 취하는 거짓말이라면 용서받지 못할 거짓말이라고 할 수 있습니다.

⑤ 술을 마시지 말아야 한다는 것은 술에 취하게 되면 마음과 몸이 흐려지고 쇠약해져 갖가지 악한 일을 저지르는 바탕이 되는 까닭인데, 더운 지방과는 달리 추운 지방에서의 음주는 몸을 덥혀주어 목숨을 구하는 양약이 될 수 있음을 예로 들어, 술을 마심으로 인해서 자기 자신은 물론 상대를 위할 수 있을 경우는 용서받을 수 없는 것이 아니라고 할 수 있겠습니다.

위와 같이 다섯 계율을 나름대로 분류는 해보았습니다만, 위의 계율들은 모두가 직간접적으로 서로 연결되어 있어 거짓말 하나로도 살생과 도적질과 음행과 음주와 연결될 수 있음이니, 다섯 가지가 다 갖가지 죄악으로 연결되는 것임을 명심해야 하고, 그러므로 오계 중 한 계만 잘 지켜도 오계 전체로 연결되어 선행할 수 있음을 명심해야 하겠습니다.

5. 정명(正命)

"부처님이시여, 정명이란 무엇이옵니까?"

"바르지 않은 생활 습관으로 게으름과 방종을 일삼는 것이니라."

정명이란 바른 생각과 말과 행동과 일과 운동과 휴식과 취미와 수면 등을 규칙적으로 행해야 한다는 뜻이니, 바르고 규칙적인 생활 습관을 통해 몸과 마음을 맑고 건강하게 유지함이야말로 항상 즐겁고 편안하며 자유롭게 살 수 있는 바탕이 되는 것입니다.

6. 정진(正進)

"부처님이시여 어떤 것이 정진이옵니까?"

"소나여, 악기의 줄을 강하게 조이면 소리가 잘 나던가?"

"잘 나지 않사옵니다."

"악기의 줄을 느슨하게 하면 소리가 잘 나던가?"

"잘 나지 않사옵니다."

"깨달음에 이르는 자세도 그와 같을지니, 지나친 노력은 욕심에서 비롯되는 것이기에 깨닫기 어렵고, 게으름 역시 욕심에서 비롯되는 것이기에 깨닫기 어려우니, 지나친 노력과 지나친 게으름에서 벗어나 균형을 이루되 꾸준해야 하니라."

정진은 믿음과 희망을 품고 바르게 노력하는 것을 뜻하며, 이 과정에는 다섯 가지 장애가 있는데, 첫 번째는 쾌락에 대한 욕망으로 이는 모습과 색깔, 소리, 냄새, 맛, 감촉에 대한 욕심이며, 더하여 재산, 권력, 지위, 명예, 사랑 등에 대한 욕심도 포함됩니다. 두 번째는 성냄에 의한 장애로 자기 자신은 물론 타인에 대한 혐오, 화냄, 증오, 원한, 저주입니다. 세 번째는 맑지 못한 정신으로 게으름을 즐기는 것이고, 네 번째는 흥분하여 안정하지 못하는 상태로 과거에 대한 후회와 회한 등이며, 다섯 번째는 자기 자신이나 다른 이들은 물론 그 어떤 것이든 의심하여 실행하지 못하는 것입니다.

위 다섯 가지 장애 중 흥분과 회한과 의심이 가장 강력한 장애로 탐욕과 성냄으로 시작되며, 위의 모든 장애는 어리석음을 원인으로 발생합니다. 그런 장애의 극복을 위해서는 우선 탐욕과 성냄과 게으름을 없애야 하고, 흥분과 회한은 수식관, 즉 안정된 숨쉬기와 몸가짐으로 없애거나 가라앉혀야 하며, 의심은 의심의 대상을 있는 그대로 보고 본 그대로 생각하여 의심을 없애야 하며, 각각의 성품에 따라 활동적인 수행과 비활동적인 수행 중 한 가지를 택하거나 두 가지를 함께 하는 중도를 취해야 할 것입니다.

7. 정념(正念)

"부처님이시여, 정념이 무엇이옵니까?"

"그것은 몸과 마음의 느낌과 삼라만상을 바로 알고 기억하는 것이니라."

정념은 한적한 곳에 몸을 곧게 세워 앉은 자세로 행하게 되는데, 완전한 정념의 경지에 들어서면 걷거나 서거나 앉거나 눕거나 자거나 깨어있는 등 생활 전반에 걸쳐 이룰 수 있으며, 이는 '4념처'를 바탕으로 하며 언제나 바른 의식을 가지고 수행의 목적을 잊지 않는 것입니다.

① 신념처(身念處); 신체의 호흡에 대한 관찰로 몸과 마음에 힘을 가하지 않은 채 짧거나 긴, 또는 거칠고 부드러운 호흡을 관찰하다 보면 호흡과 몸의 움직임을 알 수 있게 됩니다. 그 결과 몸이 공간, 흙, 물, 불, 기운, 의식의 '6대'를 주성분으로 하여 서로 의지하며 작용하며, 32가지 구성물로 꽉 찬 아홉 개의 크고 작은 구멍이 있는 부댓자루에 불과하다는 것을 확인하게 됩니다.

죽은 후의 시체가 들판이나 묘지로 옮겨져 산짐승에게 뜯어 먹히거나, 세균에 의해 부패해 가거나 태워지는 것을 관찰함으로써 몸의 덧없음을 알아 몸이 원하는 쾌락이나 욕구를 제어할 수 있으므로 몸에 대한 애착과 집착을 소멸시킬 수 있습니다.

② 수념처(受念處); 눈, 귀, 코, 입, 몸이 안팎의 접촉으로 생기는 느낌을 관찰하여, 느낌 역시 그 실체가 없다는 것을 알아 느낌에 대한 애착과 집착을 소멸시킬 수 있습니다.

③ 심념처(心念處); 마음에 대한 관찰을 통해 마음이 몸 안팎의 느낌으로 인해 발생한다는 것을 알게 됨으로써 다섯 가지 장애인 욕망, 분노, 게으름, 회한, 의심 등을 다스리게 되고, 그 경지에 이르면 주위가 아무리 시끄럽고 혼란스럽더라도 휩쓸리지 않게 되며, 그 결과 몸과 느낌과 마음의 작용까지 소멸시킨 적정의 경지에 이를 수 있습니다.

④ 법념처(法念處); 우주 삼라만상을 개체 또는 전체적으로 관찰하고 정신과 물질적인 현상을 관찰하여 삼라만상의 생성과 진행과 소멸의 현상을 파악함으로써 6대, 5온, 12처, 18계, 12연기의 굴레는 물론 모든 우주 삼라만상, 즉 사바세계를 벗어나 영원

히 즐겁고 편안하며 자유로운 삶의 바탕을 이루게 합니다.

8. 정정(正定)

"부처님이시여, 정정이 무엇이옵니까?"

"영원히 즐겁고 편안하며 자유로운 경지로 들어갈 수 있는 경지이니라."

정정의 경지에 이르기 위해서는 각각의 입장과 환경과 능력과 성품에 맞추어 어떤 주제와 어떤 방법이 적합한 것인가를 결정해야 하는데, 그 과정과 방법을 초기 경전에서는 101가지를 열거했으나, 가장 중요한 몇 가지만 설명하겠습니다.

4선정과 4무색정; '4무색정(四無色定)'이라는 네 가지 모습 없음에 대한 집중은 '4선정(四禪定)'의 경지를 이룬 자만이 할 수 있는데, 이를 이해하기 위해서는 우선 4선정에 대한 이해가 따라야 하며, 4선정은 좌선을 통해 호흡을 관찰하는 것으로 시작됩니다.

제1선정은 욕심과 분노는 물론 말마저 떠나 기쁨을 느끼는 경지이고, 제2선정은 마음을 일으키거나 생각마저 떠나 기쁨을 느끼는 경지이며, 제3선정은 그 경지에 이른 기쁨마저도 떠난 경지이고, 제4선정은 그야말로 텅 비어 자신은 물론 세상마저도 느끼지 않는 맑고 깨끗한 경지입니다.

4무색정은 첫 단계인 무한히 펼쳐지는 허공과 함께하면서 허공을 관찰하는 경지인 공무변처(空無邊處), 허공과 함께한다는 착각에서 벗어나 모든 안팎의 의식과 함께하면서 의식을 관찰하는 경지인 식무변처(識無邊處), 의식과 함께한다는 착각에서마저도 벗어나 그 어느 것도 의식하지 않는 경지인 무소유처(無所有處), 의식하거나 의식하지 않는다는 경지에서조차도 벗어난 경지인 비상비비상처(非想非非想處)에서 모든 삼라만상을 전체 또는 세부적으로 파악하여 아는 것입니다.

색계인 4선정과 무색계인 4무색정을 거쳤음을 '8등지의 경지'라고 하고, 최종적으로 9차 제정이라 불리는 상수멸정(想受滅定)의 경지에 이르면. 삼계의 모든 장애를 벗어나 부처님이 되는 경지에 이르게 됩니다.

그런데 8등지의 다섯 번째 경지인 공무변처의 경지에 이른 많은 수행자가 그 경지가 전부라고 착각하여 식무변처, 무소유처, 비상비비상처와 9차 제정의 경지가 있음은 상상도 하지 못한 채, 공무변처에 주저앉아 부처님이 되지 못했는데, 부처님께서 수행 당시 만나 잠시 가르침을 받았던 '웃다까 라마풋타'와 '알라라 칼라마'가 그 대표적인 경우였습니다.

괴롭히거나 해치지 않고도

쥐에게 단물이 나오는 두 개의 대롱을 두고 선택권을 주었는데, 처음엔 두 대롱 다 막대를 한 번만 누르면 단물이 나오도록 했다가, 시간이 지남에 따라 한쪽은 한 번 누르면 단물이 나오고 다른 한쪽은 여러 번 눌러야 단물이 나오도록 했답니다. 자, 쥐는 어느 쪽을 택했을까요? 놀랍게도 쥐는 막대를 여러 번 눌러야 단물을 받아 마실 수 있는 쪽을 선택했습니다.

하버드대학의 마이클 노튼 교수 연구팀 실험을 통해 확인한 이 현상을 '이케아 효과(IKEA effect)'라 이름 붙였는데, 쥐들은 물론 사람 또한 쉬운 쪽보다는 어려운 쪽을 선택하는 성향이 있으며, 이를 긍정적으로 이해하면 그 어떤 존재든 공짜보다도 자신이 땀 흘려 얻는 대가를 더 좋아한다는 결론을 내릴 수 있겠군요.

그런데 어떤 사람은 상대와 비교도 안 되는 쓸모없는 성과물을 만들어 놓고도 자신의 것이 더 훌륭하다고 생각하는 성향이 있는데, 이는 상대의 성과에 대해선 겉으로 보이는 결과물만 보지만, 자기의 것에 대해선 자기가 공들인 노력까지 포함해 생각하기 때문이라고 합니다. 그런 사람들 대다수가 자기 성과물이 형편없는데도 대접을 못 받으면 억울해한다니, 이는 마치 '고슴도치가 제 새끼만이 제일 예쁜 줄 안다'라는 격언과 같은 맥락이라고 할 수 있겠습니다.

진화심리학 쪽에서는 그런 현상을 노력 없이 생존할 수 없었던 수렵이나 농경시대의 가치와 습관에 의한 성향이라고 설명합니다. 힘겨움과 실패를 거듭한 노력 끝에 얻는 수확물이라야, 설령 수확의 양이 적고 맛이 떨어진다고 할지라도 만족을 느낀다는 겁니다. 이 현상에는 정성이 들어간 작은 소득을 소중히 여기게 하는 긍정적인 의미가 있다고 할 수 있는데, 그러나 현대 사회에서는 그런 사고방식을 선호하지 않으니, 이는 최소의 투자로 최대의 이익을 얻을 수 있어야 한다는 생각에 사로잡혀 있기 때문입니다.

법우님 중의 한 분이 자연 친화적인 농경 방식을 주장하면서 오직 생산량만을 염두에 둔 현대적인 농경 방식에 대하여 환경 파괴 등 갖가지 피해를 주장하면서, 저녁마다 술을 안 마실 수 없다고 한탄을 하더군요.

그때마다 저는 그에게 결과만 중요시하는 문화가 세계적인 흐름이라면 그 또한 받아들일 수밖에 없지 않겠냐는 위로와 함께, 그들이 좋아서 하는 일이라면 그럴 수도 있다고 생각하면서 그들을 탓하는 시간에 자기 삶을 잘 챙기는 게 지혜로운 자세 아니겠냐고 했습니다. 그렇게 밤낮을 가리지 않고 불평만 늘어놓으면서 술로 자신의 마음과 몸을 학대하며 사람들을 괴롭힌다면, 그 또한 더불어 부처님이 되자는 '자타일시성불도(自他一時成佛道)'가 아닌 더불어 지옥으로 가자는 어리석음이라고 타이르기도 했는데, 그때마다 저 역시 더 멀리 내다볼 줄 모르는 세상과 개개인의 어리석음으로 자연과 많은 생명체가 파괴 내지는 멸종되는 것을 아파하지 않을 수 없더군요.

그러나 그 모든 과정과 노력과 결과가 어떻더라도, 옳고 그름만을 따지는 이분법적 사고와 편견으로 패를 가르는 것도 부족해 살인까지도 서슴지 않는 어리석음에서 벗어나, 모든 이들의 생각과 행동들을 서로 다 존중하는 세상이라면 얼마나 좋을까요.

왜냐하면, 어떤 이의 생각과 말이나 행동이든 간에 반은 옳고 반은 나쁠 수밖에 없는 것이 사바세계의 중생살이이니까요. 지렁이는 기면서 살고, 파리는 날면서 살지만, 지렁이는 파리를 부러워하지 않고, 파리는 지렁이를 무시하지 않는 가운데도 지구는 멸망하지 않고, 산 절로 물 절로 세상은 그저 그리 굴러가는데 말입니다.

부처님께서는 부처님의 가르침에 따르라는 뜻인 '법귀의(法歸依)'를 통해, 자기 자신에게 의지하며 자기 자신으로부터 시작하라는 뜻인

'자귀의(自歸依)'라는 가르침을 주셨고, 다음으로 부처님의 밝은 가르침을 따른다는 뜻인 '법등명(法燈明)'을 통해, 자기의 삶을 밝히라는 뜻인 '자등명(自燈明)'을 시작으로 세상을 위하라는 가르침을 주셨습니다.

일단 다툼이 시작되면 이긴 자도 진 자도 다 상처투성이의 지옥일 뿐이지만, 스스로 해야 할 일만 하는 자등명은 홀로 세상을 밝히는 태양처럼, 온 세상을 점차적으로 밝히면서 항상 즐겁고 편안하며 자유롭고 보람찬 삶을 살 수 있는 까닭입니다.

인도의 마하트마 간디가 그 좋은 예라고 할 수 있습니다. 그는 현재 약 12억 명 이상인 인도인들은 물론 적국이었던 영국인들도 다치게 하거나 죽이지 않는다는 뜻인 아힘사(ahimsa) 정신으로 피 한 방울 안 흘리게 하면서, 동인도회사로부터 시작된 영국의 약 200여 년에 걸친 식민정치로부터의 해방을 성취했으니까요. 그는 영국에서의 유학 기간을 제외한 전 생애에 걸친 일상생활을 이불겸용인 옷 한 벌과 그릇 하나, 그리고 다 낡은 나무 침대와 헛간 같은 침실을 사용하면서 하루의 대부분을 재래식 물레질로 자기 자신의 생업을 돌보며 큰 위업을 성취했던 것입니다.

전생의 저는 누구였나요

"스님. 전생의 제가 누구였는지 알 수 있을까요?"

"……."

"알고 싶습니다. 스님."

"좌선이랍시고 끄덕거리며 앉았더니 하는 소리라고는…"

"스님…."

"허허 참! 네 녀석을 위하자니 어쩔 수 없이 또 한 차례 설을 풀어야 겠구먼, 잘 들어봐라. 이눔아!"

"……."

"그대가 사람의 자궁으로 들어가 태아로서 자라는 동안, 이미 지구상의 모든 생물체가 진화해 온 과정을 다 거쳤으니, 처음 태아로서의 그대는 짚신벌레와 같은 단세포 생물의 모습이었고, 그다음 아가미로 호흡하는 물고기와도 같은 모습으로 진화했으며, 그다음 파충류와도 같은 모습으로 진화했고, 그다음에서야 포유류의 모습으로 진화함을 거쳐 마침내 사람의 아기로 태어났던 것이니, 그런 과정은 그대가 사람으로서의 한평생을 살기 위해 생명체의 기원부터 진화해 온 전생들을 요약하여 그대의 몸을 재구성한 것이라 할 수 있지."

"……!"

"더하면 태아였던 그대의 뇌가 구성됨에도 지구상의 모든 생물체가 진화해 온 과정을 다 거쳤는데, 처음 그대의 뇌가 될 세포들 위로 다른 세포들이 한 겹 또 한 겹 포개어지면서 물고기의 뇌와 비슷한 모양의 뇌가 되고, 그다음 파충류의 뇌와 비슷한 모양의 뇌가 되고, 그다음 포유류의 뇌와 비슷한 모양의 뇌가 된 다음, 마침내 사람으로서의 뇌의 모양을 갖춘 후 사람으로 태어났으니, 그런 과정 역시 그대가 사람으로서 한평생을 살기 위해 생명체의 기원부터 진화해 온 전생들을 요약하여 그대의 뇌를 재구성한 것이라고 할 수 있단 말이여."

"……!"

"그러니 그대가 지금의 사람으로 태어나기 위해 사람의 자궁 속에서 거쳤던 전생만 해도 그 수를 헤아릴 수 없이 많거늘…, 더하면 사람으로 태어나고 나서도 하루하루가, 시간 시간이, 숨을 들이쉬고 내 쉴 때가 다 토막토막의 전생이거늘, 뭐시라? 전생의 내가 누구였는지 꼭 집어 알려 달라고?"

"……!"

"먹고사는 방법을 알려 주었으면 되었지, 밥까지 입에 떠 넣어 주랴?"

"······?"

"더하면 소화까지 시켜 달라고 하겠다. 이눔아."

"······."

"사람이 먹거리를 구하여 요리하는 방법을 배우게 되면, 스스로 그 먹거리들을 장만하여 요리하고, 입으로 집어넣어 잘 씹어 먹고, 잘 소화 시켜 건강을 돌봐야 하듯이, 성불하는 방법을 알려줬으면 저 스스로 잘 이해하고 잘 실천하여 부처님이 되어야 하는 것이거늘, 뭐시라? 전생의 내가 누구였는지 꼭 집어 알려 달라고?"

"······."

"뭘 꾸물거리고 있는 게야? 이 녀석아. 저녁예불 준비는 언제 하려고!"

"··· 저, 스님?"

"스님이라고 부른 그 순간이 이미 전생이니라, 이놈아! 아 얼른 발딱 일어서서 나가지 못할까?"

세상을 아는 것도 중요하지만

세상을 보고 아는 것도 중요하지만, 자기 자신의 내면, 즉 자기 자신의 안을 보고 아는 것부터 시작되어야 합니다.

세상을 바라보는 것도, 세상의 소리를 듣는 것도, 세상의 냄새를 맡는 것도, 세상의 음식을 맛보는 것도, 세상에 대한 느낌도, 세상에 관한 판단도, 그 모두가 다 자기 자신의 안을 살펴 알고 난 후에 세상을 살피지 않으면 세상의 그 무엇도 알 수 없습니다. 왜냐면 삶이란 처음도 끝도 자기 자신으로부터 시작되고 자기 자신으로 끝나는 것이기 때문입니다.

자기 자신을 살펴 아는 자세는 '행주좌와'인 네 가지 자세로 시작합니다. 움직이면서 자기 자신을 살피는 자세를 '행선(行禪)'이라고 하고, 움직이지 않으면서 자기 자신을 살피는 자세를 '주선(住禪)'이라고 하며, 앉아서 자기 자신을 살피는 자세를 '좌선(坐禪)'이라 하고, 눕거나 잠들면서 또는 잠든 사이의 자기 자신을 살피는 자세를 '와선(臥禪)'이라고 하는 것입니다.

행주좌와의 자세 중 가장 좋은 자세는 행선이라고 할 수 있는데, 이는 주선, 좌선, 와선을 능숙히 할 수 있어야 일상생활을 하면서도 순조롭게 살펴 알 수 있기 때문이며, 이는 호흡을 고요하고 고르게 내쉬고 들이쉬면서, 아침에 일어날 때의 몸과 마음의 움직임을 살펴 알고, 물을 마시거나 화장실로 들어가 배설할 때, 운동이나 산책을 할 때, 몸을 씻고 아침을 먹을 때, 걷던가 탈것을 이용해 출근할 때, 업무를 마치고 퇴근할 때, 밖에서 저녁을 먹거나 모여 있을 때, 홀로 또는 여럿이 하루의 일어났던 일을 살피거나 소소한 잡담을 할 때, 집으로 돌아갈 때, 몸을 씻거나 저녁을 먹을 때, 잠자리에 들기 전 하루를 정리할 때, 심지어 잠이 들 때와 잠이 들었을 때도 몸과 마음을 살피는 자세가 행선의 자세이기 때문입니다.

마음이 일어날 때나 몸을 움직일 때는 윤리나 도덕적인 잣대, 법률이나 종교적 교리를 적용하며 자신의 마음과 몸을 간섭하시지 말아야 하는데, 왜냐하면 이 글을 읽으실 연령대와 성품이라면 그런 규제나 교리가 무의식에 깊이 각인되어 있을 것이므로, 스스로 자기 자신을 힘겹게 한다던가 사회가 원하지 않는 범법을 저지르실 일은 없으실 테니까요.

그러니까, 그저 그렇게 마음이 일어나면 일어나는 대로, 몸이 움직이면 움직이는 대로 그러려니 하면서, 계획했거나 정해진 일상생활을 하면서 자연 그대로의 맘과 몸을 살펴보는 것입니다. 물론 그사이 시시각각 변하는 환경과 입장과 상대에 따라 자기 자신의 내면적인 변화를 살피는 게 그리 쉽지 않겠지만, 그때그때 자기 자신의 내면을 살핌을 거듭하다 보면, 그때그때 편안해지는 자기 자신은 물론 나날이 맑고 건강하며 지혜로워지는 자기 자신을 확인할 수 있을 것입니다.

그렇게 계속하다 보면 어느덧 하루를 1초로 느낄 수도 1초를 하루로 느낄 수도 있으며, 나아가 영원 역시도 1초와 같고, 1초 역시도 영원과 같다는 것을 확인하는 '무심 아닌 무심과 무위 아닌 무위'의 상태에 이르게 됩니다. 자기 자신과 세상을 있는 그대로 볼 수 있으므로 자기 자신과 세상의 본질을 알 수 있을 것이며, 그 순간부터는 순간이 영원이오, 영원이 순간임은 물론 태어남과 죽음이 하나라는 것을 깨닫게 될 것입니다. 그때그때의 삶과 나머지 삶은 물론 세세생생 즐겁고 편안하며 자유로울 수 있는 부처님의 경지에 이르게 되는 것이지요.

그래서 머리를 깎고 먹물 옷을 입은 채 수행해야만 부처님이 될 수 있다는 말이 헛말이라는 것을 확인할 수 있는데, 그러나 저마다의 성품과 능력과 쌓는 업에 따라 부처님이 되는 방법도 각양각색이니 어떤 환경과 입장과 모습과 길과 방법은 옳고, 어떤 환경과 입장과 모습과 길과 방법은 옳지 않다고 딱 잘라 말할 수는 없는 것입니다.

쉽고도 바른 진리여야

"모든 세상이 바다로 변하고 바다 밑에는 헤아릴 수 없이 많은 세월을 살아온 눈먼 거북이가 살고 있고, 바다 위에는 구멍 뚫린 널빤지가 떠다니고 있다고 하자…. 백 년에 한 번씩 바다 위로 떠 오르는 그 눈먼 거북이가, 바다 위에 떠다니는 널빤지구멍에 머리를 집어넣기가 쉽겠느냐, 어렵겠느냐?"

"상상할 수조차 없는 일이옵니다. 부처님이시여."

"그렇다. 그 눈먼 거북이와 구멍 난 널빤지는 그 어느 때인가 다시 만날 수도 있겠지만, 사람으로 태어나는 것은 그보다도 더 어려운 일이며, 사람으로 태어났다 하더라도 부처의 가르침을 받기란 더더욱 어려운 일이니, 그대들은 부지런히 이해하고 실천하여 한 사람도 빠짐없이 모두 다 부처가 되어야 하느니라."

위의 대화는 '잡아함경'의 '맹구우목(盲龜遇木)'이라는 부처님의 가르침인데, 사는 동안 쓸데없는 것들에 욕심을 내어 집착하다 보면, 소중한 사람으로 사는 삶도, 그보다 더 소중한 불제자로 사는 삶도 헛되이 보낼 수밖에 없으니, '부처님의 가르침을 이해하고 실천하여, 이생이나 다음 생에는 반드시 부처님이 되어야 한다'라는 부처님의 가르침입니다.

'불교를 알려면 어떻게 해야 하느냐?'라고 묻는 분들에게, 부처님의 삶과 가장 가까운 가르침인 '아함경', 특히 불교학자가 저술한 아함경만으로도 충분하며, 그러나 부처님께서 열반하신 후 200여 년 전후까지의 부파 경전들이나, 500여 년 전후의 대승 경전들, 700여 년 전의 밀교 경전 중에서 각각의 중심이 되는 경전을 한 번쯤 읽어보시는 것도 좋다고 말씀드렸습니다.

그런데 왜 '한 번쯤'이란 전제를 붙이느냐고 물으신다면, 부처님 이후 차례로 나타난 갖가지 불교 종파들이 더 많은 사람을 위한다는 명목으로 만들어 낸 경전에는, 각각의 개인적인 경험이나 의견, 그리고 그 시대의 유일신교나 다신교 등과 뒤섞여 가르침의 내용을 엇나가게 하거나 미신화해온 폐단이 있는 까닭입니다. 그러나 어찌 되었건 그런 경전들은 부처님 시대와 가장 가까운 아함경의 핵심적인 가르침을 중심으로 엮어졌는데, 그 중심적인 내용은 부처님의 우주론인 '삼천대천

세계론'이라든가, '육대(六大)', '오온(五蘊)', '육근(六根)', '십이처(十二處)', '십팔계(十八界)', '연기(緣起)' 내지는 '십이연기(十二緣起)', '삼법인(三法印)' 내지는 '사성제(四聖諦)', '팔정도(八正道)' 내지는 '37조도품(三十七助道品)', '무아(無我)' 등등입니다.

각종 종파는 물론 특히 대승 경전 거의 전부가 다 수행자들이나 불자들의 실천덕목을 '육바라밀(六波羅密)'로 정한 것은 부처님의 전생 설화인 아함경의 '본생담(本生談)' 등에서 옮겨온 것이라 해도 좋습니다. 이는 부처님께서 각양각색의 삶과 죽음을 거듭하시며 수행해 오시던 중, 굶주려서 병들어 외로운 이들이라면 사람이나 동식물 가리지 않고 목숨까지도 버리시면서 베푸셨던 결과 부처님이 되셨다는 내용에서 옮겨온 것이라고 할 수 있습니다. 반야경과 금강경의 '공(空)'이라는 내용 역시, 이 세상은 항상 변하기에 이 세상의 그 어떤 생명체나 것들일지라도, 심지어 나의 몸과 마음까지도 내 것이 아니라는 뜻인 아함경의 '무아(無我)'의 가르침에서 옮겨온 것이라고 할 수 있습니다. 아미타경의 극락이라든가 불국토사상 역시 아함경에서의 우주론이라고 할 수 있는 '삼천대천세계론'의 가르침에서 옮겨온 것이라고 할 수 있고, 화엄경과 유마경과 법화경의 왜 깨달아야 하는가, 어찌하면 깨달을 수 있는가, 깨달음에 관한 내용 역시 모두 다 아함경의 가르침에서 옮겨온 것이라고 할 수 있으며, 특히 열반경의 모든 중생은 모두 다 부처님이 될 수 있는 종자, 즉 씨앗을 갖추고 있으므로 누구나 다 부처님이 될 수 있다는 내용 역시 아함경 전반에 걸친 부처님의 가르침이므로, 아함경이라는 경전만으로도 부처님의 가르침을 이해하고 실천하여 성불할 수 있다는 것입니다.

왜 이런 말씀을 드리는가 하면, '모든 만물이 시간이 가면 오염되고 부패하듯이, 진리 역시 사람들이 많이 모이거나 시간이 흘러감에 따라 오염되어 간다'라는 옛 말씀처럼, 불교 역시 2,600여 년의 긴 세월 동안 부처님 이후의 사람들에 의해 잘못 전해져 왔거나, 불필요한 수준을 넘어 오히려 해로운 내용까지 덧붙여져 온 부분이 있다는 것입니다.

그러므로 우리는 불교란 부처님의 불교라는 것을 알고, 스님들 각각의 불교가 아니고 종단들 각각의 불교도 아닌, 오직 부처님의 불교라는 것을 깊이 새기시어, 지금의 불교들이나 경전들을 부처님의 진리로 향하는 오름차순으로 이해하고자 하는 것이 아닌, 부처님과 가장 가까운 초기 불교 속의 경전들로부터 내림차순으로 이해해야 하며, 그리해야 아함경이라는 경전만으로도, 특히 불교학자가 저술한 아함경만으로도 부처님의 가르침을 이해하고 실천하여 성불할 수 있다고 감히 말씀드리는 것입니다.

주워 먹는 것도 탁발입니까?

"스님, 쓰레기통에 버려진 음식을 주워 먹거나, 버려진 물건들을 주워 사용하는 것도 탁발이라 할 수 있습니까?"

"물론 탁발이지. 사람들로부터 얻어야 살아갈 수 있음에 더하여, 자연인 하늘과 땅, 그리고 햇볕과 달빛, 공기와 바람과 구름과 비, 강과 바다와 산과 숲, 더하여 동식물들은 물론 먼지 한 점까지도 탁발하며, 즉 얻어 챙기며 살아갈 수밖에 없는 삶이 사람들의 삶인데, 하물며 버려진 음식물이야 버려진 물건들이야 말할 것도 없지."

"……."

"더더욱 사람들이 버린 갖가지 음식물이나 물건이 먹고 쓸만한 것들인데도, 그대로 폐기하게 둔다는 것은 개인적인 낭비요, 자연물의 낭비이기에 자원을 고갈하게 하여 지구촌의 자연은 물론 우주 전체의 파멸을 자초할 것이기에, 주워 먹는 탁발이 작은 행동이지만 자연환경 보호의 첫걸음이라고 할 수 있고, 더하여 생로병사를 벗어날 수 있는 또 하나의 수행이기도 하니, 저 모든 자연은 물론 심지어 먹고 쓰다가 버린 사람들에게까지도 감사하며 살아야 하는 게야."

"……!"

"그러나 사람들을 상대로 탁발을 하지 않고 주워서 먹거나 주워서 사용하기만 한다면, 사람들과의 관계가 이루어질 수 없으므로 사람들을 위할 수가 없기에, 올바른 삶은 물론 올바른 수행의 자세가 아니라고 할 수 있지. 왜냐면 사람들을 상대로 하는 탁발이야말로 탁발 받는 승려가 탁발을 주는 사람이 지혜로워지는 가르침을 베풀 수 있기에, 탁발을 받는 사람이나 주는 사람과 함께 더 많은 사람과 더 많은 자연을 위할 수 있는 시작이라고 할 수 있으니까 말이여. 알아들었는가?"

"……!"

"알아들었으면, 주워 먹고 주워 살아갈 수 있는 경우와 탁발한 것을 먹고 탁발한 것으로 살아갈 수 있는 경우를 환경과 입장과 상대에 따라 잘 판단하여 두루 행하되, 그 모두를 다 자연의 크나큰 은혜로 받아들이면서 자기 자신과 그들의 즐겁고 편안하며 자유로울 삶을 위해 최선을 다해야 할 것이니라."

"네, 스님!"

가신 임을 위하여

　원효 대사님이 불법을 펼치시던 때에, 뱀 아이라는 뜻인 '사동'이라 불렸던 분이 계셨는데, 그렇게 불렸던 이유는 그의 어머니가 정해진 남편도 없이 아기를 낳았으나, 아이가 12세가 될 때까지 말은 고사하고 기어 다니기만 했기 때문이었다고 하며, 후에 사복(蛇福)이라 불리게 됩니다.

　그랬던 그가 어른이 된 후에 그의 어머니가 죽자 고선사에 계시던 원효 대사님을 찾아갔는데, 원효 대사님이 그를 맞이하시며 갖은 예를 다 했으나, 사복은 대꾸도 하지 않으면서 당신이 할 말만 했다고 했습니다.

　"전생에 그대와 나는 경전을 싣고 다니던 암소였다는 것을 기억하여, 이생의 나를 사람으로 낳았던 내 어미가 죽었으니, 그대는 승려로서 우리 모자의 장례식과 더불어 천도재를 치러주었으면 하는데, 어찌할 것인가?"

"모자의 장례식이라니? 그대는 아직 죽지도 않았는데?"

그렇게 사복을 뒤따라 사복의 집으로 가신 원효 대사님께서는 죽은 사복의 모친을 극락으로 천도하시기 위해 아래와 같이 염불을 읊으셨는데,

"태어남은 고통이라, 다시는 이 세상에 태어나지 말 것이요. 삶도 죽음도 다 고통이니, 다음 생엔 반드시 극락왕생해야 할 것이외다."

그때 지그시 눈을 감은 채 원효 대사님이 읊조리던 염불을 듣고 있던 사복이 퉁명스럽게 염불문이 너무 길다고 하자, 원효 대사님께서 염불문을 고쳐 다시 염불하시기를,

"죽음도 태어남도 다 괴로움이니 극락왕생토록 하라."

그렇게 원효 대사님께서 장례식과 천도재를 짧은 단 한 문장으로 끝내자, 사복은 원효 대사님을 앞세우고 죽은 어머니를 울러 매고 근처의 활리산 기슭에 도착하였는데, 그때 원효 대사님께서 말씀하시기를,

"지혜로운 이여, 이곳에서 보내드림이 어떠하실까?"

그러자 사복이,

"그리하지. 우리는 이곳에서 열반하리다."

그렇게 말한 사복이 그들의 주변에서 하늘대던 띠풀의 하얀 솜털을 뽑자, 그들 앞의 땅이 갈라지면서 마치 극락과도 같은 세계가 나타났다고 했는데, 한동안 그 광경을 바라보던 사복이 원효 대사님을 한번 힐끗 쳐다보신 후, 어머니의 시신을 업은 채 갈라졌던 땅속으로 훌쩍 뛰어 내려갔고, 두 사람이 뛰어내린 뒤 갈라졌던 땅이 오색찬란한 기운을 뿜어내며 합쳐지자, 원효 대사님은 뒤도 돌아보지 않으시며 휘이휘이 그 산에서 내려오셨다고 합니다.

사복은 실존했던 사람으로서, 승려는 아니었지만, 일반 승려보다도 더 참다운 삶을 살았던 사람입니다. 위의 우화적인 설화는 사람의 성품에 따라 이해함이 다 다르겠지만, 그중 우리를 위한 가르침이랄 수 있는 내용은, 고인들과 유가족들을 위한 장례식과 49재 등에 대한 의식의 단순화입니다.

'49재'란 49일 동안 일주일에 한 번씩 7회에 걸쳐 치르는 의식으로, 가신님을 극락으로 천도하는 의식이며, '천도재'란 미처 올리지 못했던 49재를 대신하여 가신님을 극락으로 천도한다는 의식인데 지금

대부분 절에서는 그런 긴 날의 수만으로도 부족했던지, 49재를 모신 후 갖가지 이유를 들먹이며 1년에서 3년까지도 틈틈이 갖가지 재의식을 치르게 하면서, 승려들과 불자님의 시간과 정력은 물론 큰 비용을 낭비하게 하며 부담을 주고 있더군요.

왜 이런 말씀을 드리는가 하면 원효 대사님과 사복의 우화를 예로 들어, 염불의 길이를 줄여도 원효 대사님의 그 한마음만으로도, 죽은 사람은 물론 살아있던 사복까지도 극락으로 천도케 하실 수 있었다는 사실을 알려드리고 싶어서입니다. 그리고 49재나 천도재는 물론 재물과 음식을 베풀어 공덕을 쌓아 복을 비는 불공까지의 시간이나 횟수 그리고 비용까지도 잘 가늠하여 지혜롭게 재의식에 임하시고 공덕을 쌓는 과정이 되기를 바라는 마음에서입니다.

그러나 올곧은 스님 중의 어떤 스님은 가난한 이들을 위해선 물 한 그릇만 올려놓게 한 채 재의식을 치러주고 있으며, 그러나 부자인 유가족들이 넉넉히 보시하겠다면 흔쾌히 받아들여 사찰의 유지관리나 가난하고 헐벗고 굶주리거나, 늙고 병들어 외로운 이들이나, 불우한 이들을 도움으로써, 부자인 유가족들의 공덕을 쌓아줄 때도 있습니다.

위의 사실에 더하여 세간의 장례식에 대한 사실을 살펴본즉, 그 역시 갖가지 낭비와 범죄들이 횡횡하는지라, 장례를 모셔야 할 임들이나 자기 자신의 장례식을 맞이할 임들이나 유가족이 될 사람들 역시 마음을 놓을 수 없는 상황이더군요.

왜냐면 서울시설공단에서 조사한 거의 모든 장례식장의 장례비용은 빈소 사용료만 해도 삼일장을 기준으로 해서 200만 원 전후이고, 장례용품 및 염습비용이 350만 원 전후이며, 편안하게 고인을 모신다는 명목인 안장비가 250만 원 등등 자질구레한 비용까지 모두 합치면, 평균 1,200만 원 안팎의 비용이 든다고 하더군요.

그렇게 얼토당토않게 비싼 장례비를 요구하면서도, 얼마 전 공공의료기관인 어떤 병원에서는, 23만 원 전후로 사들인 수의를 250만 원에 팔아 10배 이상의 폭리를 취하고, 9만 원 전후로 사들인 오동나무관을 60만 원 전후로 팔았다고도 하더군요.

그런데 어찌 사기에 가까운 폭리를 취한 그들만 나무랄 수 있을까요? '사기를 친 사람보다 사기당한 사람의 죄가 더 크다'라는 격언을 살펴보면, 사기를 당하는 사람들 대부분이 자기 자신의 욕심이나 허영심을 다스리지 못하거나, 당치도 않은 미신에 매달린 결과인 것을요.

그러므로 원효 대사님과 사복이 치른 장례식과 49재를 본보기로 삼아, 스님들은 물론 법우님들 역시 장례 또는 49재나 불공 등의 의식을 치르셔야 할 경우, 신심과 정성을 다하시되 검소하게 치르시겠다는 마음이라면, 가신 임들이나 남은 임들은 물론 주변의 모든 불우한 이들을 위한 크나큰 공덕이 될 것입니다.

쉽고도 쉬운 게 불교인 것을

2,600여 년 전후부터 지금까지 알려져 온 불교는, 후세의 불교도들이 부처님의 가르치심을 쉽게 이해시키기 위한 결과입니다만, 결과적으로 보면 부처님의 가르침을 이해하고 실천하기 어렵게 만들었다고 볼 수도 있으므로, 요즘의 불교도 중에는 부처님 당시의 가르침인 근본불교를 따라 실천하고자 하는 사람들이 많습니다.

그런 부처님 당시의 가르침을 한 번 더 요약하면, 첫째 무아(無我), 둘째 연기(緣起), 셋째 사성제(四聖諦), 넷째 팔정도(八正道)로서, 위의 네 가지 진리가 불교의 핵심이라고 할 수 있습니다.

첫째 무아: 우주 삼라만상이 생기거나 태어나기 전의 세계는 텅 빈 곳이었는데, 물질에 집착한 극히 미세한 것들의 욕심으로 온갖 생명체들이 태어나서 죽고, 온갖 것들이 생겨나서 부서지는 윤회의 사바세계

가 시작되었음을 부처님께서는 확인하셨습니다. 이는 현대 물리학자들이 확인한 우주가 구성되기 전에는 텅 빈 상태였다가 빅뱅, 즉 어떤 미세한 것의 대폭발을 원인으로 우주와 온갖 생명체들의 세계가 시작되었다는 이론이 부처님의 가르침을 뒷받침합니다. 부처님께서는 세계와 생명체들의 겉모습만 그럴듯할 뿐, 참된 나라든가 참된 세계가 아니기에 무아라고 하셨는데, 후세에 이르면서 '나가르주나'와 '제바'가 '무아'를 공(空)이라고 바꿔 표현하기도 합니다.

둘째 연기: 우주 삼라만상이 시작되기 전엔 텅 빈 곳이었다고 말씀드렸듯이, 그 텅 빈 곳에 바람이 생기고, 바람에 뒤이어 차례로 불과 흙과 물 등이 생겨나 섞이거나 응어리져 우주 삼라만상이 각각의 모습을 갖추기 시작했습니다. 이어 바이러스들이 생겨나고 모여서 세균이 되고, 세균들이 모여서 원핵세포가 되고, 원핵세포들이 모여서 진핵세포가 되고, 진핵세포들이 모여서 다세포가 되면서 식물이나 동물은 물론 사람 등으로 진화된 것입니다. 위와 같은 현상을 부처님께서는, '이것이 있으므로 저것이 있고, 저것이 있으므로 이것이 있으며', '이것이 없다면 저것도 없고, 저것이 없다면 이것도 없다'라는 말씀으로 '연기'에 대해 사람들의 이해를 도우셨습니다.

그렇습니다. 그런 연기의 법칙을 사람들의 일상으로 이해를 돕자면, 사람은 물론 그 어떤 존재들이라 해도 살아가기 위해서는 서로 협조해야 합니다. 사람의 먹거리를 해결하기 위해서만도 하늘과 땅, 태양과 달, 바다와 산, 숲과 강 등의 자연환경에 의지해야 하고, 농부는 농사를 지어야 하며, 농작물을 가공하는 자가 있어야 하고, 옮기고 팔고 사들이는 사람이 있어야 하며, 요리하는 사람이 있어야 먹고 살 수 있으니 그 어떤 경우에도 위와 같은 연기의 법칙이 적용되는 것입니다. 그 과정 중 어느 한 사람, 어느 한 가지라도 빠지면 큰 불편을 겪을 수밖에 없습니다.

모든 존재는 생물이든 무생물이든 서로를 상대하여 본의든 본의가 아니든 서로 주고받으면서, 먹거나 먹히거나, 살리고 죽이는 가운데 발생하고 소멸한다는 진리가 연기인데, 위와 같은 연기의 법칙은 '십이연기'로서 좀 더 세부적으로 이해할 수 있습니다.

셋째 사성제: 사성제는 '고집멸도'라는 네 가지 가르침으로 나뉘는데, 사람들의 삶이란 위에 설명한 '무아'와 '연기'의 법칙에 따라 마치 '순간순간 생겨났다 터져버리는 물거품'과도 같은 것입니다. '밤새워 맺혔던 이슬이 반짝하는 순간 사라져 버리는' 것과 같은 삶인데도 불구하고 현재의 삶이 전부인 줄 알고 갖은 방법을 다하며 욕심을 부리며 집착하기에, 삶 전체가 고통일 수밖에 없다는 가르침이 고(苦)와 집(集)이요, 그런 세계의 삶이 모두 헛된 고통임을 깨달아 집착하지 않음이 멸

(滅)이며, 그렇게 되어 편안하고 행복하며 자유로운 상태에 이르러 더 나은 삶을 찾기 시작함이 도(道)인즉, 그런 '도'는 영원히 편안하고 행복하며 자유로운 삶인 부처님이 되는 길로 들어선다는 뜻이기도 합니다.

　넷째 팔정도: 팔정도는 현세는 물론 영원히 즐겁고 편안하며 자유로운 삶의 가장 기본적이면서도 중요한 덕목으로서, ①정견(正見)은, 나와 우주 삼라만상을 있는 그대로 본다는 뜻이고, ②정사(正思)는 나와 우주 삼라만상을 본 그대로 빼지도 더하지도 않으면서 생각한다는 뜻이며, ③정어(正語)는 있는 그대로를 보고 생각한 대로 말하는 것을 뜻하는데, 특히 거짓말, 욕설, 중상, 쓸데없는 말 등을 행하지 않으면서 진실하며 부드러운 말을 한다는 뜻이고, ④정업(正業)은 올바른 직업이나 행위로, 꼭 필요치 않은 살생, 도둑질, 불륜 등의 악업이 될 행위를 하지 않는다는 뜻이며, ⑤정명(正命)은, 올바른 자세로 몸의 움직임과 입으로서의 말과 생각을 바르게 하며 규칙적으로 생활해야 한다는 뜻이고, ⑥정정진(正精進)은, 올바르게 노력한다는 뜻이며, ⑦정념(正念)은, 위의 조건들을 올바르게 기억한다는 뜻이고, ⑧정정(正定)은 몸과 마음의 올바른 안정, 즉 선정으로 태어나기 전과 현재의 삶은 물론 죽음 후의 삶과 우주 삼라만상을 바로 볼 수 있는 지혜를 체득함으로써 영원불멸한 삶인 성불, 즉 부처님이 된다는 뜻입니다.

덧붙여 '무아'에 대한 이해를 좀 더 돕자면, 우리 각각의 몸과 마음이 진실한 나라면, '늙지 말자고 하면 늙지 말아야 하고, 병들지 말자고 하면 병들지 말아야 하며, 죽지 말자고 하면 죽지 말아야 하는데, 결국은 늙고 병들어 죽을 수밖에 없으므로, 나의 마음이나 몸을 내 마음대로 할 수 없기에 진실한 내가 아니다'라는 부처님 말씀을 전해드리며, 다시 한번 더 부처님의 가르침을 요약하면, ①무아의 법칙과, ②연기의 법칙과, ③사성제의 법칙과, ④팔정도의 법칙인 네 가지 법칙으로 구분할 수 있습니다.

좋은 소나무는 다 잘려나가고

"쯧쯧! 잘생긴 소나무들은 모조리 잘려나가고 못생긴 것들만 남아서리…. 그래서 자알 생긴 놈은 고생바가지라 캤다 아이가."

"……."

"빤지르르하게 생기모 치한을 만난다 캤고, 돈이 많으모 강도를 만난다 캤는데…."

"……."

"우리 꼬마 스님! 장차 치한을 만날 끼가? 아이모 강도를 만날 끼가?"

"강도도 싫고예, 치한도 싫습니더."

"그라모 네놈은 장차 못생긴 소나무처럼 커야 되겠다. 그쟈?"

"와요? 그건 또 무슨 뜻인교?"

"놀래기는…, 그래야 잘릴 일도 없고, 쫓길 일도 없어서 부처님이 될 꺼 아이가, 이놈아, 껄껄껄!"

그때 아마 여든쯤 되셨던가요? 노스님께서 심검당 툇마루에 홀로 앉아 하염없이 가야산을 바라보시다가 문득 하셨던 말씀이었는데, 그때는 아직 어렸을 때라 무슨 뜻인지도 모른 채 듣고서는 잊고 살았습니다.

그러나 그로부터 약 10여 년이 지난 후인 1970년경 유난히도 추웠던 겨울에 술에 취하여 몸도 가누지 못하면서도 두 자식을 안고 걸리며 조계사 주변을 떠돌던 파계승을 보고서야, 노스님께서 하신 말씀의 뜻을 알았습니다.

서른이 채 안 되었을 듯싶었던 그 파계승은 더럽고 남루한 행색으로 아직 돌도 안 지났을 것 같은 딸아이를 오른팔로 끌어 품에 안고, 세 살쯤 되어 보이는 사내아이를 왼팔로 끌어 곁에 앉힌 채, 고약한 술 냄새를 흩뿌리며 차디찬 시멘트 바닥에 주저앉아 있었는데, 퀭하니 붉게 물든 두 눈은 무언가를 애타게 찾는 듯 사방을 두리번거리면서 소리죽여 눈물을 흘리고 있었습니다.

당시만 해도 거리엔 그런 이들이 많았기에 그저 측은한 마음으로 스쳐 지나다가 어디서 본 듯한 얼굴이다 싶어 자세히 살펴보니, 불과 몇 년 전만 해도 앞날이 밝았던 큰절의 학승이었던 것입니다.

그들을 반강제로 조계사 근처 서울여관으로 데리고 가 추위와 허기부터 해결해 준 다음 정신을 차린 그로부터 술에 취하여 어린 자식 둘을 굶긴 채 한겨울 길바닥에 드러누워 얼어 죽기 직전까지 내몰리게 된 사연을 듣게 되었습니다.

수행자로서의 길을 선택했던 그의 공부가 나날이 무르익어가면서 많은 노스님의 기대를 한 몸에 받으며 스물을 갓 넘겼을 즈음, 느닷없이 들이닥친 사랑의 폭풍에 휩쓸렸는데, 그 시작은 절을 드나들던 연상의 한 여신도가 사랑을 고백했던 일이었습니다. 그는 수행자라는 이유로 여러 차례 그녀의 구애를 거절했으나, 방긋 웃는 얼굴로 눈물을 흘리는 등 갖가지 방법을 동원하여 사랑을 요구하는 그녀의 집착에 얽매일 수밖에 없었으므로, 끝내 그녀와 합방하여 수행자로서 지켜야 할 계를 어기게 되었고, 그 사실이 절 안의 사람들에게 알려지게 되자 결국 파계승이라는 낙인이 찍힌 채 승복을 벗게 되었다는 것이었습니다.

그 후 그녀와 동거하며 잠시 단꿈에 빠져 아들딸까지 낳았으나, 그때까지도 그는 새내기 수행자로서 선과 악에 대한 구별과 행동만을 고집하던 성품이었던지라, 옳고 그름이 뒤범벅되어 흘러가는 사회에 적응하지 못했던 것은 당연한 결과였겠지요. 그의 사회적인 무능력으로는 편하게 살 수 없음을 직감한 그녀가 그의 세속적인 무능력을 탓하기 시작했음 또한 당연한 귀결이라고 할 수 있겠지요. 그렇게 서로의 자존심에 상처를 내는 다툼이 계속되자 견디다 못한 그녀는 끝내 그와 어린 자녀들을 남겨두고 홀연히 집을 나가 종적을 감추었다는 것이었습니다.

그녀를 찾아 설득하기 위해 젖먹이였던 딸에게 젖병을 물려 안은 채, 걸음도 제대로 걷지 못하던 아들의 손을 잡고 거리로 나선 그는 1년 이상을 그녀가 가 있을 만한 곳을 샅샅이 찾아다녔으나 흔적조차도 찾을 수 없었다고 합니다. 그러다 결국 조계사 근처에서 구걸로 연명하며 죽음을 기다리는 지경에 이르게 되었다는 것이었는데, 그런 그를 가까스로 설득한 끝에 어린 아들과 딸을 불자님들 중 아이를 낳지 못하던 이들에게 입양시킨 후, 또다시 그를 설득하여 큰절로 들여보내 수행하도록 했습니다.

그러나 그로부터 약 1년 후, 그가 가야산 어느 계곡 소나무에 목을 매어 자살했다는 사실을 확인하게 되었는데, 그의 장례를 치렀던 한 스님께서 저에게 그의 유서를 전했습니다. 눈물 자국으로 얼룩진 그의 유서에는, 그녀와 어우러질 수밖에 없었던 자신의 어리석음에 대한 후회, 양부모에게 자식들을 보낼 수밖에 없었던 아이들에 대한 죄책감과 그리움, 자식까지도 버리고 떠나버린 여인에 대한 원망 속에서도 그리워하는 마음이 절절히 배어 있었고, 더하여 큰 스님이 되어 자기 자신과 많은 이들을 위하지 못하고 스스로 목숨을 버리는 자신의 허약함과 비겁함에 대한 용서를 비는 내용이 적혀 있었습니다.

그래요. 그제야 "잘생긴 나무들은 모조리 잘려나가고, 못생긴 것들만 남아서리…"라고 하시면서, "못생긴 나무가 되어서 자신은 물론 많은 이들을 위하라"라고 하셨던 노스님의 뜻을 헤아리게 되었던 겁니다.

잘려나간 나무가 그였다면, 잘라낸 이는 그녀였겠지요. 그의 자살이 가슴 아픈 만큼 한동안 그녀를 탓할 수밖에 없었습니다만, 그러나 그녀만 탓할 수 있을까요? 그녀 역시 어리석었던 마음과 몸을 다스리지 못해 애당초 함께 하지 않아야 했었던 그와 하나가 되었던 사실, 낳지 않았어야 했던 어린 자식들을 버린 양심의 가책과 후회, 그리고 뒤늦은 그리움으로 나머지 삶은 물론 세세생생 고통 속에서 몸부림치며 살게 될 것을요.

더더욱 그녀를 먼저 탓하면 안 되는 이유는, 수행승이었던 그와 그녀 모두 어리석었었기에 벌어진 일이므로, 서로서로 지혜와 행복을 발원하면서 잊는 게 서로를 위한 길이기 때문입니다. 남은 자식들을 양자로 주었다 해도, 그 자식들이 그들보다는 더 좋은 부모를 만났기에 죄의식을 갖거나 후회할 것도 없을 것이며, 수행승이었던 자 스스로 생을 마감하지 않고 수행에 전념했더라면, 본인은 물론 얼마나 많은 삶을 위할 수 있었을까요? 그러나 삶을 살아감에 있어서 위와 같은 불행이 어디 수행승들에게만 있을 수 있을까요? 우리를 파멸로 끌고 갈 수 있는 자연적 또는 인위적인 함정은 어느 시대, 어느 사람에게든 사방에 널려 있기 마련입니다.

누가 살리고 죽이는 것이기에

종교란 무엇일까요?

종교라는 말은 원래 '삶의 근본이 되는 가르침'을 의미하는 불교 용어였는데, 그 말이 19세기 말 일본이 서양의 'religion'을 종교로 번역하면서 같은 뜻으로 이해하였으나, 엄밀한 의미에서 동양적인 종교와 서양적인 religion의 뜻은 전연 다릅니다.

왜냐하면, 서양의 religion이라는 말은 우주와 모든 생명체는 절대적 존재인 신이 만들었으므로 우리가 현세와 내세의 행복을 얻기 위해서는 무조건 그 신을 공경하고 두려워하며 무엇이든, 심지어 생명까지도 바치며 순종해야 한다는 뜻을 지니고 있습니다.

그러나 불교적인 '종교'의 '종(宗)'은 자기 자신과 우주를 관찰하고 확인하여, 저 모든 생명체가 나고 늙고 병들어 죽는 이유와 저 모든 것들이 생겼다가 부서지는 이유와 과정을 안다는 뜻이며, '종교의 '교

(敎)'는 가르침을 뜻하는 말이기에, 결국 종교는 우리와 우리가 사는 우주는 물론 저 우주 너머의 우주까지 먼저 안 이들의 가르침을 받고 이해하여 스스로 자기의 주인이 되어 영원히 즐겁고 편안하며 자유로운 삶을 살아야 한다는 뜻입니다.

그러므로 이곳, 3차원이라는 우주 속에서 중생으로서의 사람의 몸을 빌려 태어남은 물론 태어난 후 최초의 종교적인 대상은 부모라고 할 수 있는데, 왜냐하면 우리 각각이 사람으로서 부모님의 배 속에서는 물론 태어난 후 역시 부모님의 보호와 가르치심 속에서 세상을 살아갈 건강과 지식과 성품까지도 배우지 않으면 단 하루도 생명을 이어갈 수 없기 때문입니다. 그래서 부모님이야말로 우리 삶의 최초의 보호자요, 스승이자 종교적인 대상이라고 할 수 있는 것입니다.

그다음으로, 사회 각계로 연결되는 선배, 동료, 친구들, 학교의 스승이나 선후배, 군대나 직장의 상·하급자, 갖가지 직종의 관계자, 배우자나 자식이며, 그다음으로 최종적인 보호자요, 스승이자 종교적인 대상은 올바른 현자들이나 승려들이라고 할 수 있을 겁니다. 그러므로 우주 전체가 다 보호자요, 스승이요, 종교적인 대상이기에 '모든 이들이나 것들이 다 부처'라는 말씀은 이 경우에도 적용이 될 수 있습니다.

그러기에 우리는 우주에 속하여 사는 모든 이들은 물론, 신들과 사람들까지도 보호하시고 가르치시는 스승님이라는 뜻으로 부처님을, 신들과 사람들의 스승이란 뜻으로 '천인사'라 칭명하고 예불하며 그 가르침을 이해하고 실천하는 것입니다.

그래서 신이라는 이름으로 그 어떤 대상을 만들어 세워놓고 무조건 빌면서 순종하면 원하는 대로 이룰 수 있다는 교리는 종교가 아니라 무조건 엎드려 빌며 순종해야 하는 '신앙'이라고 할 수 있는데, 이는 자연계의 여러 현상이나 모든 사물에는 각각의 신이 있다는 상정 아래 그런 신들이 마음먹는 대로 모든 이들이나 것들의 행불행을 결정한다고 믿고 의지했던 원시 신앙과 다를 바 없기 때문입니다.

원시 신앙은 갖가지 먹거리들과 귀중품들은 물론 심지어 동식물들이나 사람들의 생명까지도 마구 죽여 신단에 갖다 바치면서 얻을 수도 없는 행복을 구걸하는 것에 지나지 않습니다. 현대에 이르러서도 온갖 미사여구를 동원하여 그럴듯하게 말하지만, 원시 신앙의 교리와 한 치도 다를 바가 없는 단체를 신앙하며 따르는 사람들을 우리는 어떻게 이해해야 할까요?

이 세계에는 헤아릴 수 없을 정도로 많은 생물체가 있지만, 사람으로 태어나기 어렵고, 부처님 만나기는 더더욱 어렵다고 했습니다. 그런데도 우리는 사람으로 태어났고 부처님의 가르침을 만났으니 그야말로 우리는 복이 많은 사람이라고 할 수 있습니다. 그러나 우리의 이웃들이나 자손들이 그와 같은 맹목적인 신앙을 강요하며 심지어 협박까지 일삼는 무리에게 속아서, 정녕코 소중하고도 소중한 삶을 낭비하며, 세세생생 벗어날 수 없는 지옥으로 끌려 들어가는 세태가 안타까워서 오늘도 구업 아닌 구업을 지었습니다.

올바른 종교를 만났다 하더라도 부처님의 가르침을 전하는 승려가 공부한 만큼이라도 가르치고자 하지 않고 잿밥에만 욕심을 부리는 자라면 올바른 종교인이라 할 수 없으므로, 올바른가 올바른가를 살펴 올바르지 않은 승려들을 피해 갈 수 있어야 하는데, 그러나 걱정하지 않아도 좋은 것이, 올바른가 올바르지 않은가를 판단하기 위해서는 한 걸음만 뒤로 물러서서 살펴봐도 쉽게 알아보실 수 있으실 테니까,